LES LETTRES PERSANNES CONVAINCUES D'IMPIE'TÉ.

par l'abbé Gaultier.

M. DCC. LI.

AVERTISSEMENT.

LES *Lettres Persannes* sont connues de toute la France & peut-être de toute l'Europe. La maniere dont elles sont écrites les a fait lire avec avidité. La critique qui y regne est fine & délicate. Quand l'Auteur veut jetter un ridicule sur des choses qui le méritent, il le fait avec esprit. Quand il peint des défauts ou des vices, il emporte la piéce. Mais ce qu'il y a de bon dans les *Lettres Persannes*, est un piege pour une infinité de Lecteurs. On ne s'attend pas qu'à la suite d'une critique juste & sensée, on va trouver des principes d'impiété. Cela est cependant, & non sans dessein. Le bon sert à prévenir en faveur de l'Auteur; on le lit sans défiance, & l'on avale le poison sans s'en appercevoir.

Un autre artifice; l'Auteur fait parler le Persan. Si le Persan avance quelque impiété, on dit: C'est un Persan qui raisonne selon les principes, & quelquefois aussi contre les principes de sa secte, à quoi un Chrétien paroît ne pas prendre beaucoup d'intérêt! Mais ceux qui ont quelque usage du monde; ceux qui sçavent sous combien de formes l'Impiété s'est masquée depuis 30 ans pour pulluler & s'étendre, n'ont pas besoin qu'on leur dise que le Persan qui parle, est un François très-connu qui met dans la bouche du Persan ce qu'il pense lui François en matiere de Religion.

Pourquoi les *Lettres Persannes* depuis qu'elles ont paru n'ont-elles reçu aucune flétrissure? je ne puis l'attribuer qu'aux circonstances du tems dans lequel elles ont été publiées. Alors on ne pensoit qu'à la Bulle *Unigenitus*. A la faveur des troubles qui nous agitoient, les Impies ont écrit, & on les a négligés. On sent aujourd'hui combien on leur a laissé prendre de terrain, & l'on commence à en être allarmé. Si l'on a dessein de faire une censure des Livres les plus dangereux que les Impies ont mis au jour, je prie que l'on n'oublie pas les *Lettres Persannes*. L'Extrait que je donne de ce Livre & les Observations que je joins à cet Extrait, en démontrent l'Impiété.

LETTRES

LES LETTRES PERSANNES CONVAINCUES D'IMPIE'TE'.

LETTRE LVI.

L'AUTEUR. » LES Philosophes les plus sensés qui ont réfléchi sur la nature de Dieu, ont dit qu'il étoit un Estre souverainement parfait; mais ils ont extrêmement abusé de cette idée; ils ont fait une énumération de toutes les perfections différentes que l'homme est capable d'avoir & d'imaginer, & en ont chargé l'idée de la Divinité, sans songer que souvent ces attributs s'entr'empêchent & qu'ils ne peuvent subsister dans un même sujet sans se détruire.

Est-il nécessaire d'être Philosophe & Philosophe des plus sensés pour reconnoître que Dieu est souverainement parfait? Dans le Christianisme, hommes, femmes, enfans, tous sçavent que Dieu possede toutes les perfections, & qu'il les possede dans un dégré souverain. Dans les autres Religions, tous sont capables de parvenir à cette connoissance. Tout homme qui rentre en soi-même & qui y consulte l'idée qu'il a d'un Dieu, ne peut manquer d'y trouver que les perfections de Dieu sont sans bornes. Ce n'est point aux Philosophes les plus sensés que l'on est redevable de cette découverte ; c'est la voix de toute la nature qui n'a été méconnue que de ceux qui n'ont pas voulu l'écouter.

On ajoute que les Philosophes ont extrêmement abusé de cette vérité, que *Dieu est un Estre souverainement parfait.* « Ils ont, » dit-on, fait une énumération de toutes » les perfections differentes que l'homme » est capable d'avoir & d'imaginer, ils » en ont chargé l'idée de la Divinité.

Et moi je soutiens, que de toutes les perfections qui sont en Dieu, il n'y en a pas une que les hommes aient puisée dans leur propre fond pour en faire honneur à la Divinité. La premiere des perfections que nous pouvons considérer en Dieu, est d'être à soi-même la cause de son existence. Où les hommes ont-ils puisé l'idée de cette perfection ? Y a-t-il un seul homme qui tienne de lui-même tout ce qu'il est ? Y en a-t-il un seul qui puisse dire, Je suis celui qui suis ? *Ego sum qui sum ?* Dieu est Eternel. Où l'homme qui n'étoit pas hier, a-t-il puisé l'idée de l'Eternité ? Est-ce dans le fond de son être ? J'en dis de même de l'Immensité. Dieu est par-tout. Quel est l'homme à qui cette perfection soit échue ?

Dieu eſt immuable. Eſt-ce en eux-mêmes, eſt-ce dans le ſein de la mutabilité que les hommes ont puiſé l'idée de l'Immutabilité ? Dieu peut tout. Eſt-ce en conſidérant ſon impuiſſance que l'homme a fait préſent à Dieu de la Toute-puiſſance ?

Cette Sageſſe qui préſide à tout, qui régit tout, qui diſpoſe de tout ; eſt-ce en réfléchiſſant ſur ſoi que l'homme en a orné la Divinité ? Dieu ſçait tout. Eſt-ce en ſe conſidérant que l'homme, cet être ſi ignorant, aura fait de Dieu un Eſtre qui n'ignore rien ? J'aimerois autant que l'on me dît qu'en ſe conſidérant les ténébres ont engendré la lumiere, & que le néant a produit l'Eſtre.

Dieu eſt infiniment juſte, Dieu eſt infiniment bon, ou plutôt, Dieu eſt la juſtice & la bonté même. Eſt-ce encore en ſe conſidérant que l'homme aura apperçu deux qualités qu'il n'a jamais eues, & qu'il n'aura jamais dans un ſouverain degré ? Dieu eſt la vérité. Quel eſt l'homme de qui on ait pû le dire ? Ce n'eſt donc pas en faiſant l'énumération de toutes les perfections différentes que l'homme eſt *capable d'avoir*, que les Philoſophes les plus ſenſés ont reconnu que Dieu eſt ſouverainement parfait. Au contraire, c'eſt en s'élevant au-deſſus d'eux-mêmes, & en mettant entre Dieu & l'homme une diſtance infinie, que les Philoſophes ont parlé de Dieu d'une maniere ſenſée. Ceux qui n'ont donné à Dieu que ce qu'ils ont trouvé dans l'homme, loin de faire de Dieu un Eſtre ſouverainement parfait, l'ont rendu ſemblable aux hommes ; & lorſqu'ils ont *imaginé* & cherché à relever Dieu par des qualités que l'homme n'a pas, ils n'ont fait qu'une Divinité de caprice, & jamais ils ne ſont arrivés à la ſouveraine perfection. L'Auteur prétend que les perfections que nous reconnoiſſons en Dieu « *s'entr'empêchent* & ne peuvent ſubſiſter dans un même ſujet ſans ſe détruire. » C'eſt-à-dire, que, juſqu'à l'Auteur, Dieu n'a point été connu. Les Philoſophes les plus ſenſés chrétiens & autres auront défiguré l'idée de Dieu : ils auront fait du premier Eſtre le centre de la diſcorde, un ſujet dont les attributs ſe choquent & ſe détruiſent ; & néanmoins ces Philoſophes qui ont compoſé ainſi la Divinité de piéces mal rapportées avoient l'idée de la ſouveraine perfection : autrement ils n'auroient pû définir Dieu, l'Eſtre infiniment parfait. Ici le ridicule ſe mêle avec l'impiété. Où eſt le bon ſens de reconnoître d'une part que Dieu eſt un Eſtre ſouverainement parfait ; & de l'autre, de prétendre que ceux qui ont été aſſez éclairés pour attacher à l'idée de Dieu, l'idée de la ſouveraine perfection, aient été aſſez aveugles pour ne pas voir que des attributs qui s'entrechoquent & ſe détruiſent ne peuvent entrer dans l'idée de Dieu ? Mais en accuſant les Philoſophes les plus ſenſés d'avoir chargé l'idée de la Divinité, de perfections qui s'entr'empêchent ; c'eſt dire que juſqu'à la publication des Lettres Perſannes, le monde entier eſt demeuré dans l'ignorance du vrai

Dieu. Ce qui eſt le comble de l'impiété.

L'Auteur. « Souvent Dieu manque d'u-
» ne perfection qui pourroit lui donner
» une grande imperfection.

Dieu manquer de perfection! voilà ce que l'on ne peut entendre ſans ſe boucher les oreilles. Mais pourquoi veut-on que ſouvent Dieu manque de perfection? C'eſt, dit-on, parce que cette perfection lui donneroit une grande imperfection. Un pareil raiſonnement a-t-il pu jamais entrer dans une tête ſaine? Peut-on appeller perfection en Dieu ce qui lui donneroit une grande imperfection! Ce ne ſeroit plus perfection, mais défaut, mais vice.

L'Auteur. « Mais il (Dieu) n'eſt jamais
» limité que par lui-même. Il eſt lui-mê-
» me ſa néceſſité.

Dieu étant l'Eſtre infiniment parfait, n'eſt *limité* ni par lui-même, ni par aucun Eſtre. Qui dit des limites dit des bornes. Et Dieu n'en admet aucunes dans ſes perfections. *Dieu eſt lui-même ſa néceſſité.* Cette propoſition doit être expliquée. Autre eſt la néceſſité par laquelle Dieu s'aime & toutes ſes divines perfections: autre la néceſſité par laquelle Dieu ſuit certaines loix qu'il s'eſt preſcrites. Dieu s'aime de telle ſorte qu'il ne peut ne pas s'aimer. Mais Dieu qui a pû ne pas créer le monde, peut ceſſer de le conſerver.

L'Auteur. « Ainſi, quoique Dieu ſoit
» Tout-puiſſant, il ne peut pas violer ſes
» promeſſes, ni tromper les hommes.

Ne dites pas, *Quoique* Dieu ſoit Tout-puiſſant, il ne peut me tromper: mais dites : *Parce que* Dieu eſt *Tout-puiſſant il ne peut* me tromper. Le pouvoir de mal faire, n'eſt point un appanage de la Toute-puiſſance. Mais, ne pouvoir mal faire, c'eſt ce qui lui appartient eſſentiellement & invariablement. Pouvoir mourir n'eſt pas un pouvoir, mais un défaut de pouvoir. Ne pouvoir mourir, n'eſt pas un défaut de pouvoir ; mais un vrai pouvoir. De même pouvoir mal faire, n'eſt pas un pouvoir, mais un défaut de pouvoir ; c'eſt une impuiſſance. C'eſt donc parce que Dieu eſt Tout-puiſſant qu'il ne peut défaillir ; c'eſt parce qu'il eſt fidéle, qu'il ne peut violer ſes promeſſes : c'eſt parce qu'il eſt la vérité même qu'il ne peut nous tromper. En un mot c'eſt parce qu'il eſt ſouverainement parfait qu'il ne peut avoir ni défaut ni imperfection.

L'Auteur. « Souvent même l'impuiſ» ſance n'eſt pas dans lui, mais dans les » choſes relatives.

L'impuiſſance en Dieu ! Quelle Théologie ! L'impuiſſance dans les choſes relatives ! Quel jargon ! L'Auteur veut-il dire que les choſes qui ſont hors de Dieu le rendent ſouvent impuiſſant ? C'eſt un blaſphême. La volonté de Dieu n'eſt empêchée par aucune créature. Il a fait tout ce qu'il a voulu dans le ciel, ſur la terre, & dans les abymes. Et à l'égard des créatures raiſonnables, Dieu fait ce qu'il veut de ceux-mêmes qui ne font pas ce qu'il veut. *Etiam de his qui faciunt quæ non vult, facit ipſe quæ vult* (*a*).

(*a*) Auguſt. de Corrept & Grat. cap. 14.

Ici l'Auteur ſe contredit groſſiérement. Il vient de nous dire que Dieu n'eſt jamais limité que par lui-même ; qu'il eſt lui-même ſa néceſſité. Maintenant il nous dit que ſouvent *l'impuiſſance* n'eſt pas en Dieu, mais *dans les choſes relatives*. Dieu eſt donc limité par des choſes hors de lui. Ce n'eſt donc plus Dieu qui eſt ſa néceſſité. Ce ſont des choſes hors de lui qui le néceſſitent. Eh ! quels ſont ces êtres dont la puiſſance rend Dieu impuiſſant ? ou, pour me ſervir de l'expreſſion de l'Auteur, dont *l'impuiſſance* pouſſe à bout la Toute-puiſſance de Dieu ? Que ces êtres ſont puiſſans, s'ils arrêtent la Toute-puiſſance de Dieu ! Que Dieu eſt impuiſſant, s'il ſuccombe devant des êtres plus puiſſans que lui !

L'Auteur. « Et c'eſt la raiſon pourquoi » il ne peut pas changer les eſſences.

Dieu crée les êtres conformément à ce qui eſt en lui qui les lui repréſente. Si Dieu veut créer un cercle il ne le crée pas ſelon l'idée qu'il a du quarré. Pouvoir changer l'eſſence des êtres, ce ſeroit pouvoir former des êtres qui démentiroient l'idée que Dieu a de ce qui conſtitue leur nature. Mais de ce que Dieu voulant créer un eſprit, il ne le crée pas ſur l'idée qu'il a du corps, il ne s'enſuit pas que Dieu ſoit impuiſſant. Dieu ſeroit impuiſſant ſi, de tous les êtres poſſibles, il y en avoit un ſeul qu'il ne pût pas créer tel qu'il le voit dans l'idée qui le lui repréſente. Mais dès que Dieu peut tout ce qui eſt poſſible : dès qu'il peut ce qui ne renfeme ni défaut, ni contradiction, Dieu eſt Tout-puissant. L'impossible n'est rien ; & le rien ne peut être le terme de la Toute-puissance. Tout ce qui est possible Dieu le peut, Tout ce que Dieu veut, est.

L'Auteur. « Ainsi il n'y a point de sujet de s'étonner que quelques Docteurs » aient osé nier la prescience infinie de » Dieu, sur ce fondement, qu'elle est in» compatibe avec sa justice.

Nier la Prescience de Dieu, & nier l'Existence de Dieu, c'est la même chose. Dieu n'est pas, s'il ignore ce qui doit arriver. Devant lui tout est présent. Le passé & l'avenir ne sont point passé & avenir par rapport à Dieu. Dieu est tout ce qu'il a été : Dieu est tout ce qu'il sera, *Je suis celui qui suis : Celui qui est m'a envoyé vers vous*. Ces paroles des Livres saints nous donnent l'idée de Dieu la plus noble, la plus simple, & la plus exacte. Que seroit-ce qu'un Dieu qui ignoreroit quelque chose ? Sa science ne seroit plus sans bornes. Il ne seroit donc pas l'Estre infiniment parfait. Si Dieu ignoroit l'avenir, les événemens lui apprendroient ce qu'il ne sauroit pas, & l'étude de ces événemens le rendroit plus expérimenté. Peut-on soutenir l'idée d'un Dieu que l'on envoie, ou qui va à l'école pour devenir plus habile dans la science des événemens ? Mais un Dieu qui ignore ce qui doit arriver, & que l'événement rend plus habile; où voit-il ce qui doit arriver ? Ce n'est pas en lui-même, car il connoît tout ce qu'il possede. C'est donc hors de lui : il a donc besoin des créatures pour devenir plus sçavant, plus habile, plus expérimenté. En quelle est la créature qui puisse se glorifier d'avoir appris à Dieu ce qu'il ne sçavoit pas ? Que d'impiétés ! Que de blasphêmes ! Mais est-il rien de plus humiliant pour nous qu'un livre qui les contient ces blasphêmes, ait été lû, recherché, applaudi dans le Royaume, & que les Editions s'en soient multipliées sans que la Puissance spirituelle ni la Puissance temporelle se soient armées pour venger la Majesté de Dieu de l'outrage qu'un chétif mortel ose lui faire ? Il n'y a point, dit-il, de Prescience infinie en Dieu, parce qu'elle est incompatible avec sa justice. Ainsi, de peur de faire Dieu injuste, il le fait ignorant : mais ôter à Dieu une de ses perfections, c'est les lui ôter toutes. Dieu n'est plus Dieu s'il n'est pas souverainement parfait. Selon l'Auteur la Prescience & la justice sont deux attributs qui s'entr'empêchent. Si Dieu sçavoit tout, ce seroit une perfection : mais une perfection qui lui donneroit une grande imperfection, parce qu'elle le rendroit injuste. Aveugle qui ne voit pas que l'incompatibilité qu'il veut trouver entre la Prescience & la justice n'est pas dans ces divines perfections ! Dieu sçait se concilier avec lui-même. Mais l'empêchement est dans la petitesse de l'esprit humain. Qui veut sonder les profondeurs de Dieu en sera accablé. *Scrutator majestatis opprimetur à Gloriâ* (b).

L'Auteur. « Quelque hardie que soit » cette idée, la Métaphysique s'y prête

(b) Proverb. 25. 27.

» merveilleusement. Selon ses principes il » n'est pas possible que Dieu prévoie les » choses qui dépendent de la détermina- » tion des causes libres ; parce que ce qui » n'est point arrivé, n'est point, & par » conséquent ne peut être connu ; car le » rien qui n'a point de propriétés ne peut » être apperçu. Dieu ne peut point lire » dans une volonté qui n'est point, & » voir dans l'ame une chose qui n'existe » point en elle ; car jusqu'à ce qu'elle se » soit déterminée, cette action qui la dé- » termine, n'est point en elle.

L'Auteur sent que ce qu'il dit contre la Prescience de Dieu est révoltant : mais pour couvrir son blasphême, il veut nous persuader qu'il s'accorde merveilleusement avec la Métaphysique. Non : la Métaphysique en cela d'accord avec la Théologie, ne soustrait rien à la science de Dieu. L'une & l'autre dit à Dieu : *Tu es Deus conspector seculorum*, Vous êtes le Dieu qui voyez les siécles devant vous (*c*). Selon les principes de la Métaphysique, dit l'Auteur, il n'est pas possible que Dieu prévoie les choses qui dépendent de la détermination des causes libres. Eh pourquoi ! Parce que ce qui n'est point arrivé n'est point, & par conséquent ne peut être connu.

O le grand argument qu'un petit écolier renverseroit du bout du doigt ! Que penser d'un homme qui dit : Ce que je ne puis, Dieu ne le peut. Je ne puis prévoir les choses qui dépendent de la détermination des causes libres. Donc il n'est pas

(*c*) Eccli. 36. 19.

possible que Dieu les prévoie. Ce qui n'est point arrivé, n'est point, par rapport à moi. Donc il n'est point par rapport à Dieu. Je suis la mesure de l'Estre infiniment parfait? Tel est la Métaphysique de *cet homme de génie*, si vanté dans un Ouvrage récent. *

Notre Métaphysicien ôte à celui qui a fait l'œil la faculté de voir: à celui qui a créé tous les tems, la faculté de connoître tout ce qui doit y arriver. *Ce qui n'est point arrivé, n'est point.* Comme si les événemens qui se succedent par rapport à nous, se succedoient par rapport à Dieu. Dieu voit dans la simplicité de son Estre tout ce qui a été, tout ce qui est, tout ce qui sera. A son égard tout est toujours présent. Rien ne passe & rien n'arrive de nouveau. C'est le propre de l'Eternité dans laquelle il vit.

La raison pourquoi l'Auteur soutient que ce qui n'est point arrivé n'est point, & ne peut être connu de Dieu, c'est, dit-il, que le rien, qui n'a point de propriétés ne peut être apperçu. Il ne voit pas qu'entre le rien qui n'a point de propriétés, & les choses qui peuvent ou qui doivent arriver, la distance est infinie. Les choses possibles, & les choses qui doivent arriver ont des propriétés que Dieu connoît: mais le néant n'a point de propriétés. Aussi le néant ne peut-il être l'objet de l'entendement, ni le terme de la volonté de Dieu. On ne peut pas dire de Dieu: Il ne pense à rien. Il ne veut rien. Les choses

* *Lettres contre l'immunité du Clergé.*

qui *peuvent* arriver, Dieu les connoît parce qu'il connoît tout ce qu'il *peut* faire. Les choſes qui doivent arriver, Dieu les connoît parce qu'il connoît tout ce qu'il *doit* faire.

» Mais comment Dieu peut-il voir dans » l'ame une choſe qui n'exiſte point en » elle, car juſqu'à ce qu'elle ſe ſoit déter- » minée, cette action qui la détermine » n'eſt point en elle.

C'eſt toujours le même défaut de raiſonnement. L'Auteur ſuppoſe que ce que l'homme ignore, Dieu ne le peut ſçavoir. S'il étoit chrétien, il ſçauroit que Dieu ſonde les reins & les cœurs: qu'il connoît l'homme mieux que l'homme ne ſe connoît, & que rien ne lui eſt caché: « Sei- » gneur, diſoit un grand Roi, vous avez » ſondé mon cœur & vous me connoiſ- » ſez. Vous découvrez *de loin* mes pen- » ſées (*d*): vous êtes inſtruit de toutes » mes voies. La parole n'eſt point encore » ſur ma langue & vous ſçavez déja tout » ce qu'elle doit dire ». Si Dieu ne le ſçavoit pas, les hommes dérangeroient ſans ceſſe le plan de Dieu dans le gouvernement du monde. Il eſt de la ſageſſe & de la Providence de Dieu qu'un paſſereau ne tombe pas ſur la terre, que Dieu ne le veuille: mais combien de paſſereaux ſont enlevés par un effet des volontés libres de la créature? Combien d'inſectes, combien de moucherons que les hommes tuent volontairement, librement, & quelquefois capricieuſement? Si Dieu ne peut voir

(*d*) Pſal. 138.

dans l'ame, jusqu'à ce qu'elle se soit déterminée, l'action qui la détermine; il est une infinité d'animaux dont Dieu ignore le sort. Il ne sçait s'ils mourront d'une mort naturelle, ou d'une mort violente. Il ne sçait même si les hommes ne viendront pas à bout de détruire quelque espece d'animaux. J'en dis de même des arbres, des plantes, & de tous les êtres qui peuvent être changés ou détruits par la volonté ou par le caprice des hommes. Au moins faudra-t-il que Dieu soit attentif à réparer sans cesse tout le désordre que l'homme cause dans l'univers. Or je le demande: est-ce là l'idée que nous avons de l'Estre infiniment parfait?

L'Auteur. « L'ame est l'ouvriere de sa » détermination; mais il y a des occasions » où elle est tellement indéterminée, qu'elle ne sçait pas même de quel côté se » déterminer. Souvent même elle ne le » fait que pour faire usage de sa liberté; » de maniere que Dieu ne peut voir cette détermination par avance, ni dans » l'action de l'ame, ni dans l action que » les objets font sur elle.

L'ame n'est point la seule ouvriere de sa détermination. Ce n'est pas l'ame qui s'est fait libre. C'est Dieu qui l'a faite libre. *Ipse fecit nos & non ipsi nos.* Pour être créée libre, l'ame a eu besoin que Dieu agît sur elle. Pour agir librement, l'ame a besoin que Dieu agisse avec elle de telle sorte néanmoins que l'action de l'ame soit subordonnée à l'action de Dieu. Dieu agit avec l'ame non comme cause partielle;

mais comme cauſe qui influe dans toute l'action, & qui fait faire infailliblement mais librement à la volonté ce qu'il veut qu'elle faſſe. Dieu meut les êtres de la maniere qui convient à leur nature. Les êtres non libres, il les meut néceſſairement. Les êtres libres, il les fait agir librement. Comme il les a créés pour agir librement, il ſçait les mouvoir, & faire par eux & avec eux tout ce qu'il veut, ſans détruire leur liberté. Il eſt vrai que les hommes qui ignorent les cauſes d'une infinité d'effets qu'ils ſont forcés de voir, ignorent auſſi la maniere dont Dieu fait faire aux êtres libres tout ce qu'il veut ſans intéreſſer leur liberté : mais il n'y a point d'homme qui ne ſente que quand il agit il agit librement. Et il n'y a point d'homme qui, avec un peu de réflexion, ne ſoit en état de comprendre que Dieu eſt plus maître de notre action que nous-mêmes, & que comme on ne peut rien ſouſtraire à la connoiſſance de Dieu, on ne peut rien ſouſtraire à la toute-puiſſance de Dieu.

Pour ôter à Dieu la connoiſſance des déterminations libres de l'ame, l'Auteur nous dit « qu'il y a des occaſions où l'ame eſt » tellement indéterminée qu'elle ne ſçait » pas même de quel côté ſe déterminer.

Mais ce que l'ame ne ſçait point, Dieu le ſçait, & l'a ſçu de toute éternité. Comment un homme qui ſe donne pour Philoſophe peut-il faire des objections ſi puériles ?

L'Auteur. « Comment Dieu pourroit- » il prévoir les choſes qui dépendent de la

» détermination des causes libres? Il ne
» pourroit les voir que de deux manieres:
» par conjecture, ce qui est contradictoire
» avec la prescience infinie: ou bien il les
» verroit comme des effets nécessaires qui
» suivroient infailliblement d'une cause qui
» les produiroit de même, ce qui est en-
» core plus contradictoire; car l'ame se-
» roit libre par la supposition, & dans le
» fait elle ne le seroit pas plus qu'une bou-
» le de billard n'est libre de se remuer,
» lorsqu'elle est poussée par une autre.

Ce n'est point par conjecture que Dieu voit les choses qui dépendent des déterminations libres de l'ame. Il ne les voit pas non plus comme les effets nécessaires d'une cause qui les produit nécessairement: mais il les voit comme les effets d'une cause qui les produit infailliblement quoique librement. Dieu n'a pas créé des êtres libres pour les rendre indépendans & les soustraire à son action. Si l'ame agissant librement est tellement l'ouvriere de son action, que Dieu ne puisse ni prévoir ni empêcher l'action, vous faites porter à l'ame un caractere d'indépendance qui n'appartient qu'à Dieu. Vous faites de l'ame un Dieu. L'Auteur ne veut pas que Dieu soit assez puissant pour conserver à l'ame sa liberté en dirigeant lui-même l'action de l'ame. C'est que l'Auteur juge du pouvoir de Dieu, par celui de l'homme, & qu'il ne croit pas que ce que l'homme ne peut concilier, Dieu le puisse. Pour conserver aux hommes leur liberté, l'Auteur ôte à Dieu sa prescience & sa toute-puissance. Comment n'a-t-il pas vû qu'un systême qui rend les hommes sacrileges envers Dieu ne peut être qu'un systême d'erreur ?

L'Auteur. « Ne croyez pas pourtant » que je veuille borner la science de » Dieu.

L'Auteur dans sa Lettre entreprend de montrer qu'il n'est pas possible que Dieu prévoie les choses qui dépendent des volontés libres de la créature. Et après avoir nié ainsi la Prescience de Dieu, il ne veut pas que nous croyions qu'il borne la science de Dieu. Il faut bien compter sur la crédulité de ses lecteurs pour se flater de leur tourner l'esprit comme on le voudra. L'Auteur nie, & il veut nous faire croire qu'il affirme. Il dit non, & il veut que nous croyions qu'il dit ouï. Mais voyons comment il nous prouvera qu'il ne borne pas la science de Dieu?

L'Auteur. « Comme Dieu fait agir les » créatures à *sa fantaisie*, il connoît tout ce » qu'il veut connoître.

En Dieu des *fantaisies !* cet homme ne peut ouvrir la bouche qu'il ne blasphême. Il a déja ôté à Dieu la Prescience & la Toute-puissance : maintenant il fait de celui qui est la sagesse & la source de toute sagesse, un Estre capricieux, un Estre qui fait agir les créatures à *sa fantaisie*, quoi de plus impie !

» Comme Dieu, dit-il, fait agir les » créatures à sa fantaisie, il connoît tout » ce qu'il veut connoître.

Ce n'est donc que quand Dieu fait agir

les créatures à *sa fantaisie*, qu'il connoît ce qu'il veut connoître. Mais y a-t-il des choses que Dieu ne veuille pas connoître? Et voulant les connoître, faut-il que la fantaisie en soit le moyen?

L'Auteur. « Quoique Dieu puisse voir » tout, il ne se sert pas toujours de cette » faculté?

Si Dieu peut voir tout, comment l'Auteur a-t-il pû soutenir « qu'il n'est pas possible que Dieu prévoie les choses qui » dépendent de la détermination des causes libres? » S'il y a des choses que Dieu ne puisse prévoir, on ne peut dire que Dieu peut voir tout. Et s'il peut voir tout, il peut tout prévoir.

L'Auteur. « Dieu laisse ordinairement » à la créature la faculté d'agir ou de ne » pas agir, pour lui laisser celle de mériter ou de démériter. C'est pour lors qu'il » renonce au droit qu'il a d'agir sur elle, » & de la déterminer. Mais quand Dieu » veut sçavoir quelque chose, il le sçait » toujours, parce qu'il n'a qu'à vouloir » qu'elle arrive comme il la voit, & dé» terminer les créatures conformément à » sa volonté.

C'est-à-dire que Dieu qui pourroit tout prévoir, s'il vouloit ne pas laisser agir librement les créatures libres, ne peut rien prévoir de ce qu'elles feront quand il les laissera agir sans blesser leur liberté. L'Auteur ne rend donc pas ici à Dieu la Prescience qu'il lui a ôtée à l'égard des déterminations libres de la créature. S'il paroît accorder que Dieu peut voir tout, dans le fond il n'accorde rien. C'eſt toujours la même impiété. Ce qu'il attribue à Dieu c'eſt de pouvoir empêcher la créature d'agir librement ; auquel cas Dieu voit ce que fera la créature, comme un habile joueur de billard prévoit le coup qu'il va faire en pouſſant ſa bille. Mais la créature rendue à elle-même & agiſſant librement, Dieu ne ſçait plus où il en eſt, & s'il eſt conſulté ſur la vie d'un homme, il ne pourra répondre combien il vivra, parce que la vie de cet homme dépend d'une infinité d'événemens qui peuvent arriver par des cauſes libres.

L'Auteur dit : « *Quand Dieu veut ſçavoir* » *quelque choſe*, » mais quand eſt-ce que Dieu veut ſçavoir ce qu'il ne ſçait pas ? Celui qui a donné la ſcience aux hommes ignore-t-il quelque choſe ?

« Il n'a qu'à vouloir qu'elle arrive com- » me il la voit.

Quoi ! les choſes n'arrivent pas toujours comme Dieu les voit ? Si elles arrivent autrement, Dieu eſt donc pris pour duppe.

L'Auteur. « C'eſt ainſi que Dieu tire ce » qui doit arriver du nombre des choſes » purement poſſibles ; en fixant par ſes dé- » crets les déterminations futures des eſ- » prits, & les privant de la puiſſance qu'il » leur a donnée d'agir ou de ne pas a- » gir.

Ici l'Auteur ne s'entend pas. Ce qui *doit* arriver, n'eſt pas du nombre des choſes purement poſſibles. Il y a bien de la différence entre ce qui peut arriver, & ce qui doit arriver. Ce qui doit arriver existera : mais ce qui peut arriver, peut ne point exister. Il ne faut donc pas dire que Dieu tire ce qui *doit* arriver du nombre des choses purement possibles. Ce qui doit arriver, est déja tiré de l'incertitude où sont les choses purement possibles. L'Auteur ajoute que Dieu fixe par ses décrets les déterminations futures des esprits. Dieu ne fixe point les déterminations *futures*, puisqu'étant futures, elles sont fixées : mais Dieu fixe par ses décrets celles des déterminations qui peuvent arriver. Et en les fixant il les tire de l'incertitude où les laissoit la simple possibilité.

A l'égard de ce que dit l'Auteur, que » Dieu prive les esprits de la puissance » qu'il leur a donnée d'agir ou de ne pas » agir, il le dit gratuitement. » Sur cela il est démenti par l'expérience de tous les hommes. Il n'y en a aucun qui ne sente que ce qu'il fait, il le fait parce qu'il le veut faire. Les passions les plus violentes laissent toujours à l'homme, je ne dis pas un pouvoir d'équilibre, mais un pouvoir de ne pas les suivre.

L'Auteur prétend que quand Dieu laisse à la créature la faculté d'agir ou de ne pas agir, il renonce alors au droit qu'il a d'agir sur elle & de la déterminer.

Le Créateur cede donc sa gloire à la créature toutes les fois qu'elle agit librement. Dieu cede à la créature le droit qu'il a de la faire agir nécessairement pour lui laisser le droit qu'elle a d'agir librement. Ainsi dans le systême de l'Auteur Dieu & l'hõme jouissent de leur droit chacun à son tour. Mais l'homme eſt le mieux partagé. Quand Dieu uſe de ſon droit, l'homme eſt mû & ne ſe meut pas. Sous la main toute-puiſſante de celui qui l'a fait, il ne mérite point: il n'acquiert aucun dégré de bonté. Mais l'homme uſant de ſon droit, fait ce que Dieu n'a pu faire. Il acquiert des degrés de bonté que Dieu n'a pu lui donner. Quelle puiſſance dans l'homme! Quelle foibleſſe en Dieu! C'eſt ici la Théologie des Payens. Ciceron ne croyoit pas que l'on dût s'adreſſer à Jupiter, pour lui demander la ſageſſe. Le Philoſophe Stoïcien croyoit trouver au dedans de ſoi tout ce qu'il falloit, pour devenir meilleur que les Dieux ne l'avoient fait.

L'Auteur. « Si l'on peut ſe ſervir d'une » comparaiſon dans une choſe qui eſt » au-deſſus des comparaiſons; un Monar- » que ignore ce que ſon Ambaſſadeur fera » dans une affaire importante: s'il le » veut ſçavoir, il n'a qu'à lui ordonner » de ſe comporter d'une telle maniere; & » il pourra aſſurer que la choſe arrivera » comme il le projette.

On ne s'accoutume point à entendre dire que Dieu ignore ce que doit faire ſa créature. Mais la comparaiſon qu'emploie l'Auteur peut ſervir à le convaincre que la prévision des déterminations de la créature s'accorde très-bien avec la liberté. L'Ambaſſadeur auquel ſon Prince ordonne de ſe comporter de telle maniere, exécute-t-il librement les ordres de ſon Maître? Sans doute. Il ſent qu'il a le pouvoir de ne pas faire ce qu'on lui a preſcrit. Cependant le Monarque qui connoît la fidélité de ſon Miniſtre, prononce hardiment que telle choſe arrivera. La Preſcience n'eſt donc pas incompatible avec les déterminations libres de la créature.

L'Auteur. « L'Alcoran & les Livres des » Juifs s'élevent ſans ceſſe contre le dog- » me de la Preſcience abſolue. Dieu y » paroît par-tout ignorer la détermina- » tion future des eſprits, & il ſemble que » ce ſoit la premiere vérité que Moïſe ait » enſeignée aux hommes.

Je m'embarraſſe peu de ce que dit ou ne dit pas l'Alcoran. Je crois néanmoins que l'Auteur lui en impoſe. Mais il eſt de la derniere impudence d'oſer avancer que Dieu dans les divines Ecritures, paroît par-tout ignorer la détermination future des eſprits. Peut-on ouvrir les Livres ſaints & n'y pas voir que c'eſt principalement à ce caractere d'annoncer tout ce qui doit arriver dans la ſuite des ſiécles, que Dieu veut qu'on le reconnoiſſe pour le ſeul & unique Dieu? « A qui m'avez vous fait » reſſembler, dit-il dans Iſaïe? (e) A qui » m'avez-vous égalé.... Que vos Dieux » viennent, qu'ils nous prédiſent ce qui » doit arriver à l'avenir.... ouï décou- » vrez-nous ce qui doit ſe faire à l'ave- » nir, & nous reconnoîtrons que vous » êtes Dieux... J'appellerai mon ſervi- » teur du Septentrion & il viendra. Je » l'appellerai de l'Orient, il invoquera » mon nom & il viendra: les grands du » monde ſeront comme la boue, & il les

(e) Iſaïe 42. verſ. 25: 41. 22.

» foulera comme le potier foule l'argile
» sous ses pieds. Qui de vous a annoncé
» ces choses dès le commencement, afin
» que nous le reconnoissions pour Dieu?
» Qui les a prédites, afin que nous lui
» disions, Vous êtes Juste. Mais il n'y a
» personne parmi vous qui annonce & qui
» prédise l'avenir. Il n'y a personne qui
» vous ait jamais ouï dire un seul mot.....
» Je suis le Seigneur; c'est-là le nom qui
» m'est propre (*f*): je ne donnerai point
» ma gloire à un autre, ni les hommages
» qui me sont dûs, à des Idoles. Mes pre-
» mieres prédictions ont été accomplies:
» j'en fais encore de nouvelles, & je vous
» découvre les événemens avant qu'ils ar-
» rivent.

Tous les Livres saints sont remplis de pareilles prédictions. Quand Moïse est prêt de mourir Dieu lui ordonne d'écrire dans un Cantique tout ce qui doit arriver au peuple d'Israël dans la suite des siécles.
» Vous allez, dit Dieu (*g*), vous reposer
» vec vos Peres, & ce peuple s'abandonne-
» ra & se prostituera aux Dieux étrangers
» .... Maintenant écrivez pour vous ce
» Cantique & apprenez-le aux enfans d'Is-
» raël, afin qu'ils l'aient dans la bouche &
» qu'ils le chantent, & que ce Cantique
» me serve d'un témoignage parmi les en-
» fans d'Israël. Car je les ferai entrer dans
» la terre que j'ai juré de donner à leurs
» Peres..... Ils mangeront, ils se rassa-
» sieront & s'engraisseront: après cela ils

(*f*) Ibid 42. &c.
(*g*) Deut. 31. 16. 19. &c.

» se détourneront de moi pour aller après
» des Dieux étrangers, ils les adoreront,
» ils parleront contre moi, & ils viole-
» ront mon alliance; & lorsque les maux &
» les afflictions seront tombés en foule sur
» eux, ce Cantique portera contre eux un
» témoignage parce qu'il vivra dans la
» bouche de leurs enfans, sans qu'il puisse
» jamais être effacé: car *je connois leurs*
» *pensées*, & *ce qu'ils* doivent faire m'est
» connu aujourd'hui avant que je les fasse
» entrer dans la terre que je leur ai pro-
» mise.

Il faudroit copier toutes les pages de l'Ecriture, si l'on vouloit épuiser tout ce qu'elles contiennent pour établir que Dieu connoît tout ce que les hommes feront dans tous les âges. Les Prophéties de Daniel où Dieu marque les successions des quatre grands Empires, & en particulier ce qui doit arriver aux Rois de Syrie & d'Egypte, leurs guerres, leurs alliances, les piéges qu'ils se tendront, & la fausse amitié dont ils couvriront leurs démarches. On ne peut lire le Chapitre onziéme de ce Prophéte sans y trouver à chaque ligne des preuves de cette vérité que Dieu connoît toutes les déterminations libres de ses créatures, & tous les événemens qui en doivent naître. Comment donc ose-t-on avancer que Dieu dans les Ecritures paroît par-tout ignorer la détermination des esprits!

L'Auteur. « Dieu met Adam dans le
» Paradis terrestre à condition qu'il ne
» mangera pas d'un certain fruit : Précepte

» absurde dans un Estre qui connoîtroit » les déterminations futures des ames ; car » enfin un tel Estre peut-il mettre des » conditions à ses graces, sans les rendre » dérisoires ? C'est comme si un homme » qui auroit sçu la prise de Bagdad, a» voit dit à un autre, je vous donne mille » écus si Bagdad n'est pas pris ; ne feroit» il pas là une bien mauvaise plaisante» rie ?

Il n'y a point d'absurdité à imposer une loi à un être libre. La justice du commandement ne dépend pas de la Prescience de celui qui impose la loi. Un Prince ordonne au Général de ses armées d'assiéger une ville, & lui promet, s'il la prend, de lui donner un des plus beaux Gouvernemens de son Royaume. Le Prince sçait néanmoins qu'une femme qui a un grand crédit sur l'esprit du Général, le détournera de faire le siége de la place : mais il veut bien permettre que le Général soit exposé à la tentation & y succombe, parce qu'il sçait les moyens de réparer très-avantageusement le mal qui en arrivera. Il est même résolu de faire servir au bien des deux prévaricateurs, leur propre transgression. Qu'y a-t il dans cette conduite qui soit digne de blâme ?

Mais s'il est aisé de justifier la conduite d'un Prince qui agiroit de la maniere que je viens de marquer, combien plus la conduite de Dieu doit-elle être hors de tout soupçon d'injustice à l'égard de sa créature ? Dieu n'a permis le péché que pour en tirer un plus grand bien, & le

faire

faire ſervir à l'avantage même de l'homme. Il eſt vrai qu'en faiſant grace aux prévaricateurs, il ne l'a pas fait à tous : mais ceux auxquels il l'a fait ne peuvent que ſe répandre en actions de graces pour les miſéricordes dont il les a prévenus. Et d'ailleurs, eſt-ce à l'homme à rendre raiſon de la conduite de Dieu? Eſt-il entré dans les conſeils du Très-haut? « Mes penſées » ne ſont pas vos penſées, & mes voies » ne ſont pas vos voies, dit le Seigneur (*h*): » mais autant que les cieux ſont élevés au-» deſſus de la terre, autant mes voies ſont » élevées au-deſſus de vos voies, & mes » penſées au-deſſus de vos penſées. » Dieu ne ſeroit pas Dieu, ſi l'homme le pouvoit comprendre. L'eſprit de l'homme eſt borné : Dieu eſt infini. Ce que l'homme connoît des perfections de Dieu, eſt ſuffiſant pour le tenir dans un humble reſpect à l'égard de Dieu. Il ſçait que rien n'eſt caché aux yeux du Seigneur, qu'en lui il n'y a point d'injuſtice. Que ſi Dieu permet le mal, ce n'eſt ni par impuiſſance, ni pour ne l'avoir pas prévu. L'homme pénétré de la grandeur de Dieu s'abaiſſe, s'humilie, & s'accuſe, loin de vouloir rejetter ſur Dieu même le mal dont il s'eſt rendu coupable. Et pour ne pas blaſphémer ce qu'il ignore, il emprunte la voix de celui qui s'écrie : « O profondeur des tré-» ſors de la ſageſſe & de la ſcience de Dieu! » (*i*) que ſes jugemens ſont impénétra-» bles, & ſes voies incompréhenſibles!

(*h*) Iſaïe 55. 9.
(*i*) Rom. 11. 33.

» Car, qui a connu les desseins de Dieu ;
» ou qui lui a donné conseil ? ou qui lui
» a donné quelque chose le premier pour
» en prétendre récompense? Car tout est de
» lui, tout est par lui, & tout est en lui :
» à lui appartient la gloire dans tous les
» siécles. Amen.

Voilà ce qu'un homme qui fait usage de sa raison doit dire ; & non pas disputer contre Dieu. Quand on s'écarte de la Révélation, dans quelles absurdités ne tombe-t-on pas? L'Auteur des Letttes Persannes en est un exemple. Si Dieu, comme il le prétend, ignore les déterminations libres des créatures, & les événements qui en seront les suites, les créatures doivent sans cesse déranger le plan de Dieu, ou plutôt Dieu n'a point de plan fixe dans le gouvernement du monde, & il ne sçauroit en avoir. Donc les choses se conduisent au hasard. Donc plus de Providence : & dès-là même, plus de Dieu. Ne sommes-nous pas bien redevables à *nos hommes de génie*, de travailler à nous rendre Athées? Quand on a reproché à l'Auteur de *l'Esprit des Loix* (le même que celui des Lettres Persannes,) qu'il nous conduit au Spinozisme, il s'est récrié comme si on avoit commis envers lui une grande injustice. Mais après avoir lû la Lettre que je viens de réfuter, qui peut douter de l'athéisme de cet homme ? On lui a cité un texte de S. Augustin, qui dit formellement, que nier la Prescience de Dieu, c'est la même chose que nier l'existence de Dieu. Quand S. Augustin ne le diroit pas, le bon sens le dit.

LETTRE LXXI.

L'AUTEUR. » S'Il y a un Dieu il faut nécessairement qu'il soit juste : car s'il » ne l'étoit pas, il seroit le plus mauvais » & le plus imparfait de tous les Estres. » La justice est un rapport de convenance qui se trouve réellement entre deux » choses. Ce rapport est toujours le même, » quelque être qui le considere, soit que » ce soit Dieu, soit que ce soit un Ange, » ou enfin que ce soit un homme.

Jusqu'à l'Auteur des Lettres Persannes, étoit-il tombé dans l'esprit de quelqu'un que la justice est un rapport de convenance qui se trouve réellement entre deux choses? Qu'est-ce qu'un rapport de convenance? Est-ce une substance? Est-ce une modalité? Je conçois que les deux choses entre lesquelles sera le rapport, peuvent être deux substances: mais le rapport qui se trouve entre elles n'est pas une substance. S'il n'est qu'une modalité, une maniere d'être; comment concevoir que Dieu est juste? Y a-t-il en Dieu des modalités? Tout ce qui est en Dieu est Dieu même. Tout y est substance. Comme Dieu est la vérité substantielle, il est la justice substantielle: or qui peut dire de cette justice substantielle qui est Dieu même, qu'elle n'est qu'un rapport de convenance entre deux choses?

Si l'on considére la justice du côté des

hommes, dira-t-on auſſi qu'elle ne conſiſte que dans un rapport de convenance? Deux hommes dont l'humeur ſympatiſe, ont entr'eux un rapport de convenance; eſt-ce-là juſtice? Mettons le rapport entre des choſes inanimées. La vigne de Naboth avoit un rapport de convenance avec le Palais d'Achab, la juſtice demandoit-elle qu'Achab enlevât la vigne de Naboth, ſi Naboth ne vouloit pas la céder?

Mais pourquoi cette affectation de changer la définition ordinaire de la juſtice? Peut-on penſer qu'il n'y ait pas du deſſein? En définiſſant la juſtice, un rapport de convenance, imprime-t-on le reſpect que l'on doit avoir pour la juſtice? Inſpire-t-on l'horreur que l'on doit avoir de l'injuſtice? Selon cette idée, ſuivre la juſtice, ce ſera ſe conformer à un rapport de convenance. Et violer la juſtice, ce ſera s'écarter de ce rapport. Qui oſeroit dire que Ravaillac en tuant Henri IV ne fit autre choſe que s'écarter d'un rapport de convenance? Qui auroit voulu par cet endroit inſpirer à Ravaillac l'horreur de ſon crime, n'auroit fait que le confirmer dans la penſée où il étoit qu'il avoit fait une bonne action La juſtice, auroit-il dit, eſt un rapport de convenance entre deux choſes. La Religion, & la mort d'Henri IV, ſont deux choſes entre leſquelles j'apperçois un rapport de convenance. Donc la juſtice demande que je tue Henri IV. A ce raiſonnement je ne vois pas ce que l'Auteur pourroit oppoſer. Sa définition de la justice peut autoriser les plus grands crimes.

L'Auteur. « Il est vrai que les hommes » ne voient pas toujours ces rapports. » Souvent même lorsqu'ils les voient, ils » s'en éloignent; & leur intérêt est tou» jours ce qu'ils voient le mieux. La ju» stice éleve sa voix, mais elle à peine à » se faire entendre dans le tumulte des » passions.

Si les hommes ne voient pas toujours le rapport de convenance qui est entre deux choses, il s'ensuit que les hommes ne voient pas toujours ce qui est juste. Quand, faute de voir ce rapport, un homme vit dans un païs où l'Idolâtrie regne paisiblement; où le mariage de la mere avec son fils est autorisé par les loix; où la femme se brûle après la mort de son mari; où l'on va à la chasse des hommes pour les tuer & les manger, &c. Dans ce païs nul n'apperçoit les rapports de convenance dans lesquels l'Auteur fait consister la justice qui condamne de pareilles actions. Celui qui les commet ces actions, est-il coupable? L'Auteur doit dire que non. Il ne croit pas que les hommes soient conçus, ni qu'ils naissent dans le péché. Donc l'ignorance dans laquelle vivent les hommes dont je parle, ne peut dans les principes de l'Auteur, être regardée comme la peine du péché. Les rapports de convenance dans lesquels il fait consister la justice peuvent donc être ignorés innocemment. Mais où nous mene cette affreuse morale! Elle tend à justifier les plus grands crimes, ou du moins à les soustraire à la justice de Dieu.

L'Auteur dit, que souvent lorsque l'on voit les rapports de convenance qui sont entre les choses, on s'en éloigne ; je conçois qu'en ce cas l'homme est coupable : mais lorsque l'homme ne voit point ces rapports, & qu'il croit en voir de tout opposés dans lesquels il fait consister la justice, il faut dire que l'homme ne peche point. *Leur interêt*, dit l'Auteur, *est toujours ce que les hommes voient le mieux.* Si la justice ne consiste que dans un rapport de convenance, comment distinguera-t-on de l'intérêt, la justice ? L'Auteur ne dit point quelles sont les choses entre lesquelles doit se trouver le rapport de convenance. Et ainsi, qui empêchera l'homme de juger que le rapport de convenance qu'il apperçoit entre telle action & son intérêt, est vraiment ce qui en constitue la justice ? On voit qu'à s'en tenir aux termes de l'Auteur, à sa définition de la justice, jamais on ne pourra convaincre un seul homme de quelque injustice que ce puisse être.

L'Auteur. « Les hommes peuvent faire des injustices, parce qu'ils ont intérêt de les commettre, & qu'ils aiment mieux se satisfaire que les autres. C'est toujours par un retour sur eux-mêmes qu'ils agissent : nul n'est mauvais gratuitement. Il faut qu'il y ait une raison qui détermine, & cette raison est toujours une raison d'intérêt.

Mais on vous répondra que cette raison

d'intérêt eſt un rapport de convenance entre deux choſes : & que puiſque la juſtice ſelon votre définition, conſiſte dans ce rapport, vous ne devez point appeller mauvais celui qui par raiſon d'intérêt ſuit toujours dans ce qu'il fait un rapport de convenance.

L'AUTEUR. « Mais il n'eſt pas poſſible » que Dieu faſſe jamais rien d'injuſte. *Dès* » *qu'on ſuppoſe* qu'il voit la juſtice, il faut » néceſſairement qu'il la ſuive, car com» me il n'a beſoin de rien, & qu'il ſe ſuf» fit à lui-même, il ſeroit le plus méchant » de tous les êtres, puiſqu'il le ſeroit ſans » intérêt.

N'eſt-ce que par *ſuppoſition* que l'on reconnoît que Dieu eſt juſte ? L'idée de Dieu ne renferme-t-elle pas eſſentiellement la juſtice ? Il ne faut donc pas dire : *dès qu'on ſuppoſe* que Dieu voit la juſtice, il faut néceſſairement qu'il la ſuive. Mais il faut dire : Dieu étant la juſtice même, il eſt impoſſible qu'il ne la ſuive pas.

L'AUTEUR. « Ainſi quand il n'y auroit » pas de Dieu, nous devrions toujours ai» mer la juſtice, c'eſt-à-dire, faire nos » efforts pour reſſembler à cet Eſtre dont » nous avons une ſi belle idée, & qui, » s'il exiſtoit, ſeroit néceſſairement juſte. » Libres que nous ſerions du joug de la » Religion, nous ne devrions pas l'être de » celui de l'équité.

Eſt-il permis de laiſſer entrevoir un ſeul inſtant, que Dieu peut ne pas être ! Cette ſuppoſition eſt folle. Dieu eſt néceſſairement. S'il n'étoit pas, rien ne ſeroit. Dire qu'il faudroit aimer la justice quand Dieu ne seroit pas, c'est une hypotèse extravagante. La justice ne seroit point, si Dieu n'étoit pas, parce que c'est Dieu qui est la justice substantielle. Tous les êtres ne seroient point, parce que les êtres ne subsistent que par lui. » Quand il n'y auroit » pas de Dieu, dit l'Auteur, nous devrions » faire nos efforts pour ressembler à cet » Estre dont nous avons une si belle idée, » & qui, s'il existoit, seroit nécessai- » rement juste. » Quoi! si Dieu n'existoit pas, nous devrions faire nos efforts pour lui ressembler? S'est-on jamais proposé pour modele ce qui n'est point? L'Auteur suppose que nous aurions l'idée de Dieu, s'il n'étoit pas. Mais l'existence est renfermée dans l'idée que nous avons de Dieu. Dieu seroit donc. Autrement l'idée que nous avons de Dieu seroit une idée chimérique. Et alors devroit-on faire ses efforts pour ressembler à une chimere? L'Auteur prétend néanmoins que ce seroit dans cette idée chimérique que l'on trouveroit celle de la justice. Est-il rien de si insensé? La justice sortir d'une chimere; le beau coup d'œil!

L'Auteur continue. « Libres que nous » serions du joug de la Religion nous ne » devrions pas l'être de celui de l'équité. » J'admire que l'Auteur soit moins délicat sur l'article de la Religion que sur celui de l'équité. Il admet l'hypotèse qu'il n'y aura point de Religion parce qu'il n'y aura point de Dieu. Mais il n'admet pas également qu'il puisse n'y avoir point d'équité. Quand on seroit dispensé d'être religieux envers Dieu, il veut que l'on soit juste envers les hommes; comme si l'on pouvoit être juste envers les hommes quand on est souverainement injuste envers Dieu! La justice rend à chacun ce qui lui est dû. Le rend-on à Dieu ce qui lui est dû, quand on suppose qu'on pourroit n'être tenu à aucun devoir envers lui parce qu'il ne seroit pas, tandis que l'on reconnoît que l'on ne peut être dispensé de rendre aux hommes ce qui leur est dû parce qu'ils sont? Mais il y a des hommes que le joug de la religion incommode, & qui, pour leur intérêt, seroient fâchés qu'il n'y eût point d'équité dans le monde. Voilà le dénouement des hypotèses de l'Auteur.

N'oublions pas ici que l'Auteur fait de la Justice un être indépendant de Dieu; & dès-là même, qui est hors de Dieu. L'Auteur nous a dit ci-dessus que la justice est un rapport de convenance entre deux choses; que ce rapport est toujours le même, quelque être qui le considere *soit que ce soit Dieu*, soit que ce soit un Ange, ou enfin que ce soit un homme; Que dès *qu'on suppose* que Dieu *voit* la justice, il faut nécessairement qu'il la suive. Maintenant l'Auteur nous dit que quand il n'y auroit pas de Dieu, il faudroit toujours aimer la justice. Donc la justice existera, & Dieu pourra ne pas exister. Donc la justice est indépendante de Dieu, & hors de Dieu. Si la justice est hors de Dieu, il faut dire que Dieu ne connoît pas ce qui est juste, en se considérant; mais qu'il le connoît en considérant les rapports de convenance des êtres qui ne sont pas lui. Donc si les êtres dont Dieu voit les rapports de convenance, n'étoient pas, Dieu ne connoîtroit pas la justice. Il ne la suivroit pas : elle-même ne seroit pas. Ces conséquences sont affreuses ; mais elles suivent nécessairement des principes de l'Auteur.

L'Auteur. « Voilà ce qui m'a fait penser » que la justice est éternelle, & ne dépend » point des conventions humaines ; & » quand elle en dépendroit, ce seroit une » vérité terrible qu'il faudroit se dérober » à soi-même.

Quand on abandonne la lumiere, on ne marche qu'à tâtons. L'Auteur pense que la justice est éternelle ; mais il ne le dit qu'en tremblant. Spinoza soutient que la justice dépend des conventions humaines. Que les hommes, pour leur propre intérêt, sont convenus de renoncer à leur droit naturel ; & ce droit naturel, selon Spinoza, permet tout ce que la convoitise peut se procurer. La justice n'est donc que l'effet d'une convention entre les hommes de ne pas suivre en tout leur convoitise. L'Auteur n'ose contredire d'une maniere absolue le principe de Spinoza : mais il se contente de dire que, quand la justice ne seroit pas éternelle, & qu'elle dépendroit des conventions humaines, ce seroit une *vérité* terrible qu'il faudroit se dérober à soi-même. Accorder à Spinoza que son principe peut être une *vérité*, c'est porter la complaisance bien loin. Est-on éloigné de penser comme cet Athée quand on parle de ſes maximes avec tant de ménagement? Il paroît néanmoins que l'Auteur a de la peine à adopter le principe de Spinoza ſur la juſtice. Il veut qu'au moins ceux qui l'adoptent ſe le cachent à eux-mêmes comme une vérité terrible, & voici ſa raiſon.

L'Auteur. « Nous ſommes entourés » d'hommes plus forts que nous : ils peu- » vent nous nuire de mille manieres diffé- » rentes ; les trois quarts du tems ils peu- » vent le faire impunément. Quel repos » pour nous de ſçavoir qu'il y a dans le » cœur de tous ces hommes un principe » intérieur qui combat en notre faveur, » & nous met à couvert de leurs entrepri- » ſes ? Sans cela nous devrions être dans » une frayeur continuelle ; nous paſſerions » devant les hommes comme devant les » lions, & nous ne ſerions jamais aſſu- » rez un moment de notre vie, de notre » bien, de notre honneur.

Le principe de Spinoza eſt « que dans » l'état purement naturel, nous avons un » droit légitime ſur toutes choſes ſans di- » ſtinction ; que nous pouvons en uſer ſans » crime, ſi nous les pouvons obtenir ſoit » par force, par ruſe, ou par prieres, juſ- » qu'à tenir pour ennemi quiconque nous » empêche de contenter notre appétit (k). » Donc, dit Spinoza, le droit de nature » ſous lequel tous les hommes naiſſent & » vivent pour la plûpart, ne leur défend » que ce qu'aucun d'eux ne convoite, & » qui n'eſt point en leur pouvoir ; ni l'in-

(k) Tract. Theol. pal. cap. 16.

» térêt, ni la discorde, ni la haine, ni la » colere, ni rien enfin de tout ce que veut » l'appétit.

Ce Principe qui ouvre la porte à tous les crimes, & qui tend à la destruction du monde entier, a forcé Spinoza de le restreindre en ajoutant que pour prévenir les maux qui naîtroient de la grande liberté qu'il prétend que la loi de nature donne aux hommes, ils sont convenus de se dépouiller de leur droit naturel pour en revêtir le Prince. « N'y ayant rien, » dit Spinoza (*l*), de plus triste que notre » vie destituée d'un secours mutuel, il fal» loit de nécessité pour nous mettre à » couvert de tant d'insultes à quoi nous » sommes très-sujets, que nous conspi» rassions unanimement à nous défaire de » notre droit naturel pour le posséder en » commun, & à renoncer à notre appé» tit pour le soumettre à la Puissance & » aux Edits de toute une Communauté. » C'est dans cette convention que Spinoza croit trouver le remede aux maux qui naissent de son principe. Mais l'Auteur des Lettes Persannes a de la peine à se rendre. Il voit que si la justice dépend d'une pareille convention, elle sera une foible barriere pour arrêter les crimes. Il voudroit donc trouver un principe qui pût parer aux inconvéniens qui naissent du systême de Spinoza. Sans oser nier absolument que ce que dit cet Athée soit faux, il cherche si l'on ne peut pas dire que la justice est éternelle; & pour cela il ensei-

(*l*) Ibid.

gne « que la justice est un rapport de convenance entre deux choses; & que ce rapport est toujours le même, quelque être qui le considére, soit que ce soit Dieu, soit que ce soit un Ange, ou enfin que ce soit un homme.

Mais on a vû combien cette opinion est absurde. Elle fait de la justice une chimere, en même-tems qu'elle en fait un être indépendant de Dieu. Tout ce que dit l'Auteur à ce sujet montre combien on est à plaindre quand on veut se frayer une route nouvelle, & que l'on abandonne la Révélation.

L'Auteur. « Toutes ces pensées m'animent contre ces Docteurs qui représentent Dieu comme un Estre qui fait un exercice tyrannique de sa puissance; qui le font agir d'une maniere dont nous ne voudrions pas agir nous mêmes, de peur de l'offenser; qui le chargent de toutes les imperfections qu'il punit en nous; & dans leurs opinions contradictoires le représentent tantôt comme un Estre mauvais, tantôt comme un Estre qui hait & punit le mal.

L'Auteur venoit de dire que si la justice dépendoit des conventions des hommes, on devroit être dans une frayeur continuelle; qu'on passeroit devant les hommes comme devant les lions, mais que c'est un grand repos de sçavoir qu'il y a dans le cœur de tous ces hommes un principe intérieur qui combat en notre faveur, & nous met à couvert de leurs entreprises. Ces pensées auroient dû animer l'Auteur contre Spinoza qui ne reconnoît pas dans l'homme ce principe intérieur; au moins durant le tems que l'homme vit, suivant ce que Spinoza appelle la loi de la nature. Mais au lieu de tourner son zele contre Spinoza l'Auteur attaque les Théologiens qui enseignent avec toute l'Eglise que Dieu connoît les déterminations futures des volontés libres, & qui font agir Dieu, à ce qu'il prétend, d'une maniere dont nous ne voudrions pas agir nous-mêmes, en imposant à l'homme des préceptes que Dieu sçait que l'homme transgressera. L'Auteur appelle cela faire faire à Dieu un exercice tyrannique de sa puissance. Il ajoute que ces Théologiens représentent Dieu tantôt comme un Estre mauvais, tantôt comme un Estre qui hait le mal & le punit. C'est assûrément une calomnie de prétendre qu'il y ait des Théologiens qui représentent Dieu comme un Estre mauvais. C'en est encore une de dire que ces Théologiens fassent agir Dieu en tyran. Mais c'est une chose bien certaine que les Théologiens que l'Auteur a en vue, représentent Dieu comme un Estre qui hait le mal & le punit. Que seroit-ce qu'un Dieu qui seroit indifférent à l'égard du mal qu'il ne puniroit pas?

L'Auteur. « Quand un homme s'examine, quelle satisfaction pour lui de trouver qu'il a le cœur juste! Ce plaisir tout severe qu'il est, doit le ravir. Il voit son être autant au dessus de ceux qui ne l'ont pas, qu'il se voit au-dessus des tigres & des ours. Oui, si j'étois sûr de suivre inviolablement cette équité que j'ai de-

» vant les yeux, je me croirois le premier
» des hommes.

Que d'orgueil dans ce discours! Celui qui se délecte dans sa propre justice, & qui se croit autant au-dessus de ceux qui ne sont pas justes, qu'un homme est au-dessus d'un tygre, est un superbe qui se repaît de l'apparence de la vertu sans en avoir la réalité. L'Auteur croit trouver dans son propre fond tout ce qui est nécessaire pour devenir Juste. Il croit se suffire à lui-même pour se rendre vertueux. S'il avoit de la vertu, il verroit que des vertus orgueilleuses ne peuvent être que de fausses vertus. C'est plaire à un insensé que de plaire à soi-même. *Stulto placet qui sibi placet.*

L'Auteur en représentant la justice comme éternelle, voudroit porter les hommes à la pratiquer par des motifs plus élevés que ceux que propose Spinoza. Mais d'un abyme qu'il veut éviter, il tombe dans un autre. La grande plaie de l'homme, c'est l'orgueil. Et ce que dit l'Auteur pour porter l'homme à devenir Juste, n'est propre qu'à le rendre encore plus orgueilleux. La Religion chrétienne prend une voie toute opposée. Elle nous dit que nul ne peut se glorifier devant Dieu d'avoir le cœur pur. Que de nous-mêmes comme de nous-mêmes, nous ne sommes que mensonge & que péché. Que Dieu résiste aux superbes & qu'il donne sa grace aux humbles. Que tout ce que nous avons de connoissance de nos devoirs, vient de Dieu; mais qu'à la connoissance du devoir il faut joindre la pratique. Que la grace pour cela est nécessaire. Que depuis le péché du premier homme, Dieu ne donne pas à tous de suivre les principes d'équité que tous ont dans le cœur. Que ceux auxquels Dieu le donne, c'est par miséricorde: & que ceux auxquels Dieu le refuse c'est par justice. Que l'on pese & que l'on examine bien ces dogmes; qu'on les compare avec ce que l'homme sent de ses maux intérieurs, & l'on verra s'ils n'en sont pas le vrai & l'unique remede?

EXTRAIT DE LA LETTRE XCIX.

L'AUTEUR. « CEux qui connoissent la nature, & qui ont de Dieu *une idée* » *raisonnable*, peuvent-ils comprendre que » la matiere & les choses créées n'aient » que six mille ans? Que Dieu ait différé » pendant toute l'éternité ses ouvrages, & » n'ait usé que d'hier de sa puissance créa- » trice? Seroit-ce parce qu'il ne l'auroit » pas pû, ou parce qu'il ne l'auroit pas » voulu? Mais s'il ne l'a pas pû dans un » tems, il ne l'a pas pû dans l'autre: c'est » donc parce qu'il ne l'a pas voulu: mais » comme il n'y a point de succession dans » Dieu; si l'on admet qu'il ait voulu quel- » que chose une fois, il l'a voulu toujours » dès le commencement.

Tous les Chrétiens & même tous les Juifs croient que le monde n'a que six mille ans. Ils le croient sur la parole de Dieu même. L'Auteur plus éclairé que tous les

Patriarches, tous les Prophétes, tous les Apôtres & tous les Docteurs de l'Eglise, prétend que ce n'est pas avoir de Dieu une idée raisonnable que de ne donner au monde que six mille ans d'antiquité. C'est dire bien nettement que la Religion chrétienne nous donne de Dieu une idée fausse, & que les divines Ecritures nous trompent quand elles donnent au monde une origine si peu ancienne. Ce qu'il y a de singulier, c'est que l'Auteur qui contredit ici la Révélation, n'entreprend point d'en détruire les preuves. Il sçait qu'il n'y réussiroit pas. Il aime mieux supposer qu'il n'y a point de Révélation; & raisonner comme si les hommes étoient livrés à l'incertitude sur ce qu'il faut penser de l'origine du monde.

Mais la Révélation & ses preuves ne dépendent pas des fantaisies d'un petit Ecrivain. Pour être en droit de contredire la Révélation, il faut nous enlever les preuves qui l'établissent, & l'Auteur n'entreprend pas même de les effleurer.

Il ne peut comprendre que Dieu ait différé pendant un éternité ses Ouvrages. On n'exige pas de l'Auteur qu'il comprenne, mais qu'il croie. Et on lui donne des motifs de crédibilité auxquels tout esprit raisonnable doit se soumettre.

L'Auteur dit que si l'on admet une fois que Dieu ait voulu quelque chose, il faut dire qu'il l'a voulu toujours & dès le commencement.

Sans doute: mais de ce que Dieu a voulu de toute éternité que le monde fût, il ne s'ensuit pas que le monde soit éternel. Dieu a voulu de toute éternité que le monde fût & qu'il ne fût pas éternel. Donc le monde n'est pas éternel ; car ce que Dieu a voulu, pouvoit-il ne pas être de la maniere que Dieu l'a voulu?

L'Auteur. « Il ne faut donc pas compter les années du monde : le nombre des » grains de sable de la mer ne leur est pas » plus comparable qu'un instant?

J'admire cet air aisé avec lequel l'Auteur prononce qu'il ne faut pas compter les années du monde. Quand il auroit renversé toutes les preuves de la Révélation qui nous enseigne le contraire, parleroit-il avec plus de confiance ? Cependant quel est le fondement de sa décision? Il n'en a point d'autre que le sophisme que l'on vient d'entendre, sophisme qu'un écolier démêleroit ; tant il est aisé d'en découvrir l'illusion.

L'Auteur. « Cependant tous les Historiens nous parlent d'un premier Pere : » ils nous font voir la nature humaine » naissante. N'est il pas naturel de penser » qu'Adam fut sauvé d'un malheur commun, comme Noé le fut du déluge ; & » que ces grands événemens ont été fréquens sur la terre depuis la création du » monde ?

Il n'est point naturel de penser que ce que Dieu à révélé aux hommes n'est pas véritable. Les livres saints nous apprennent qu'Adam est le premier homme, & qu'avant lui le monde n'a souffert aucune révolution. Pour se défendre d'ajouter foi à la Révélation, il faut autre chose que de petits raisonnemens & des sophismes. Quand l'Auteur n'auroit à contredire que tous les Historiens profanes, qui de son aveu, sont contre lui, il seroit obligé de leur opposer des raisons capables de contrebalancer leur autorité. Mais avoir contre soi les Historiens inspirés, & n'opposer à leur autorité que des conjectures, & des assertions qu'il est aussi aisé de nier que de soutenir, c'est faire de sa raison le plus grand abus.

Il a toujours été & sera toujours très-raisonnable de faire taire sa raison quand Dieu parle, & de se soumettre à son autorité quand il daigne nous enseigner. Que l'homme fasse usage de sa raison pour s'assurer que Dieu a parlé; il le doit. Mais quand les preuves que Dieu a parlé sont si évidentes que l'on n'ose les contredire; vouloir après cela opposer à l'autorité de Dieu celle d'un misérable mortel, c'est le comble de l'extravagance & de l'impiété.

LETTRE LXXXIV.

Usbek à Hassein, Dervis de la montagne de Jaron.

L'AUTEUR. « O Toi, sage Dervis, dont l'esprit curieux (voilà un beau » vers) brille de tant de connoissances, é» coute ce que je vais dire. Il y a ici (à Pa» ris) des Philosophes, qui à la vérité » n'ont point atteint jusqu'au faîte de la » sagesse Orientale : ils n'ont point été » ravis jusqu'au trône lumineux ; ils n'ont » ni entendu les paroles ineffables dont » les concerts des Anges retentissent, ni » senti les formidables accès d'une fureur » divine : mais laissés à eux-mêmes, pri» vés des saintes merveilles, ils suivent » dans le silence les traces de la raison hu» maine.

Il ne faut pas beaucoup de pénétration pour appercevoir que les Prophétes & les Apôtres sont le véritable objet que l'Auteur a ici en vue. Il feint d'en vouloir à Mahomet, à Hali, & à l'Alcoran. C'est S. Paul, les Prophétes, & les Livres saints qu'il attaque. Il cache si peu son jeu, qu'il affecte de rapporter les termes dont saint Paul se sert pour décrire son ravissement au troisiéme ciel. Les Philosophes dont l'Auteur va nous vanter les lumieres, n'ont point, dit-il, été ravis jusqu'au trône lumineux, ils n'ont point entendu les paroles ineffables dont les concerts des Anges retentissent. Ces expressions ne sont-elles pas celles de l'Apôtre qui dit parlant de lui-même : « Je connois un homme qui » a été ravi jusqu'au troisiéme ciel, & qui » a entendu des paroles ineffables, qu'il » n'est pas permis de rapporter. » L'Auteur ajoute que ces Philosophes n'ont point senti les formidables accès d'une fureur divine. C'est un trait de malignité contre les Prophétes & contre tous les Auteurs inspirés. « Mais laissés à eux-mêmes, privés » des saintes merveilles, ils suivent dans » le silence les traces de la raison humai- » ne. » Langage aisé à entendre de la part d'un homme qui rejette la Révélation. Il se moque de ceux qui préferent aux Philosophes les Auteurs inspirés.

L'Auteur. « Tu ne sçaurois croire jus- » qu'où ce guide (la raison humaine) les » a conduits. Ils ont débrouillé le cahos, » & ont expliqué par une méchanique sim- » ple l'ordre de l'architecture divine. L'Au- » teur de la nature a donné du mouvement » à la matiere : il n'en a pas fallu davan- » tage pour produire cette prodigieuse va- » riété d'effets que nous voyons dans l'U- » nivers.

C'est-à-dire que Descartes, Newton & les Philosophes modernes ont raisonné mieux que Moïse sur la structure de l'Univers, d'où l'Auteur laisse à conclure que la raison humaine est un guide plus sûr que la Révélation. Mais l'Auteur se trompe grossiérement. La maniere dont Moïse fait agir Dieu dans la création du monde, eſt infiniment plus noble & dès-là même plus digne de Dieu que celle que l'Auteur indique. C'eſt par les loix du mouvement qu'il prétend que Dieu a conſtruit tout l'Univers. Le récit de Moïſe eſt plus ſimple. Il n'en coûte à Dieu qu'un *fiat*. *Dieu dit : que la lumiere ſoit faite* ; & la lumiere eſt faite. Dieu n'a point beſoin de moyens pour produire tout ce qu'il veut. Qu'il parle & tout ſe fait. Qu'il commande ; & les choſes ſont créées dans leur perfection. *Ipſe dixit, & facta ſunt · ipſe mandavit, & creata ſunt.*

L'Auteur. « Que les Légiſlateurs ordinaires nous propoſent des loix pour régler les ſociétés des hommes ; des loix auſſi ſujettes au changement que l'eſprit de ceux qui les propoſent & des peuples qui les obſervent : ceux-ci ne nous parlent que des loix générales, immuables, éternelles, qui s'obſervent ſans aucune exception, avec un ordre, une régularité & une promptitude infinie dans l'immenſité des eſpaces.

Deſcartes n'a pas prétendu que Dieu ait ſuivi dans la conſtruction du monde le plan qu'il a imaginé. Le Pere Mallebranche qui a admis des loix générales que Dieu ſuit dans le gouvernement de l'Univers, n'a jamais penſé que ces loix ſoient éternelles. Il ſoutient hautement que le monde a commencé, & s'en tient ſur ce point à la Révélation. Il admet les miracles ; & avec les miracles des exceptions dans les loix du mouvement. Mais les Philoſophes Athées ou Déiſtes font le monde éternel, & son existence, nécessaire en conséquence de loix éternelles, immuables, qui s'observent sans aucune exception. C'est à ceux ci que l'Auteur donne la palme.

L'Auteur. « Et que crois-tu, homme » divin, que soient ces loix? Tu t'imagi» nes peut-être qu'entrant dans le conseil » de l'Eternel, tu vas être étonné par la » sublimité des mysteres : tu renonces par » avance à comprendre : tu ne te proposes » que d'admirer. Mais tu changeras bien» tôt de pensées : elles n'éblouissent point » par *un faux respect* : leur simplicité les a » fait long-tems méconnoître : & ce n'est » qu'après bien des réflexions qu'on en a » connu toute la fécondité & toute l'éten» due.

Voilà encore un trait de malignité contre la Religion. Ses mysteres font l'objet de notre étonnement & de notre admiration. Nous ne les comprenons pas : mais nous les croyons. Cet hommage que nous rendons à la parole de Dieu qui nous révele les mysteres les plus cachés, l'Auteur l'appelle *un faux respect* : comme si la foi étoit l'effet de la tromperie des uns & de la crédulité des autres. Son *homme divin* qu'il suppose devoir s'attendre à être étonné par la sublimité des mysteres qu'on va lui annoncer, ne feroit que rire d'une pensée si ridicule, s'il étoit vraiment un homme divin. Dès qu'il ne s'agit que de nous instruire de quelques principes de Physique, faut-il s'attendre à être étonné par la sublimité des mysteres? Faut-il renoncer par avance à comprendre ? Et d'ailleurs à quoi menent ces connoiſſances ? En eſt-on plus homme de bien pour ſçavoir les loix du mouvement ? Que ces loix ſoient telles que les décrit l'Auteur : qu'elles ſoient également ſimples & fécondes, elles pourront ſervir d'ornement à l'eſprit : mais de quelle utilité feront-elles pour réformer le cœur ? Quand la Religion Chrétienne propoſe à croire des myſteres, ce n'eſt point pour ſatisfaire la curioſité de l'homme: c'eſt pour le ſauver.

L'Auteur. « La premiere (des loix gé-
» nérales) eſt que tout corps tend à dé-
» crire une ligne droite, à moins qu'il
» ne rencontre quelque obſtacle qui l'en
» détourne : & la ſeconde qui n'en eſt
» qu'une ſuite, c'eſt que tout corps qui
» tourne autour d'un centre, tend à s'en
» éloigner ; parce que plus il eſt loin,
» plus la ligne qu'il décrit approche de la
» ligne droite. Voilà, ſublime Dervis, la
» clef de la nature Voilà des principes
» féconds dont on tire des conſéquences à
» perte de vue.

On croiroit ici que l'Auteur raille les Philoſophes. S'il le fait, ce n'eſt que pour un inſtant. Ce qui va ſuivre, comme ce qui précede, n'annonce que la haute eſtime qu'a l'Auteur pour des hommes qu'il met fort au-deſſus des Ecrivains inſpirés. Les Philoſophes, ſi on l'en croit, nous ont donné la clef de la nature dans les deux loix qui concernent la communication du mouvement. Quand cela feroit, nous venons de voir que le genre humain n'en
ſeroit

ſeroit pas plus heureux. Toute connoiſſance qui ne conduit pas à la réforme du cœur, eſt peu intéreſſante. Eſt-il néceſſaire pour être homme de bien, de ſçavoir que tout corps tend à décrire une ligne droite?

Mais eſt-il bien vrai que les deux loix générales de la communication des mouvemens ſoient la clef de la nature? Quoi! De ce que tout corps tend à décrire une ligne droite, & que tout corps qui tourne autour d'un centre, tend à s'en éloigner; en voilà aſſez pour expliquer tous les effets qui ſe rencontrent dans la nature? J'avoue que je n'ai pas aſſez de docilité pour me rendre à cette aſſertion. Le Pere Mallebranche a été un des plus grands Partiſans des loix générales. Il a relevé tant qu'il a pu la ſimplicité & la fécondité de ces loix. Cependant il a reconnu qu'elles ne ſuffiſoient pas pour expliquer la ſtructure des corps organiſés. « Les corps organiſés, dit-il, ne peuvent être produits par » les ſeules loix de la communication des » mouvemens .... qui ſe peuvent réduire à » deux .... mais on voit bien que ces deux » loix & autres ſemblables ne peuvent pas » former une machine dont les reſſorts ſont » infinis, & dont chacun a ſon uſage (*m*). » Ce que dit le P. Mallebranche des corps organiſés, qui empêche qu'on ne le diſe des autres corps? L'air & l'eau ſont-ils produits parce que tout corps tend à décrire une ligne droite? La terre & les aſtres doivent ils leur formation à cette loi: que tout corps qui tourne à l'entour

(*m*) Meditat. VII. n. 5.

d'un centre tend à s'en éloigner ? Quelle ſageſſe n'a-t-il pas fallu pour régler tous les mouvemens de chacun des corpuſcules qui ont dû ſe réunir pour former tous ces globes qui roulent ſur nos têtes ? Ne prenons qu'un grain de ſable : ne faut-il pour le compoſer que les deux loix de la communication des mouvemens? Ces deux loix ſuppoſent déja la matiere créée : comment eſt-elle devenue matiere ? Eſt-ce par les loix du mouvement ? Il ſeroit abſurde de le dire. Il faut donc recourir à un Eſtre aſſez puiſſant pour avoir tiré du néant la matiere & l'avoir formée telle qu'elle eſt indépendamment des loix du mouvement. Si on dit que la matiere a toujours été, quelle preuve en a-t-on ? Si on la fait éternelle, on la fait néceſſaire comme Dieu. Un être néceſſaire eſt à lui-même ſa cauſe; il eſt indépendant. Attribuer ces perfections à la matiere, ce ſeroit tomber dans l'Athéïſme. Diſons donc que la matiere eſt ſortie des mains de Dieu toute formée. Maintenant, qu'il ne faille que les deux loix qui concernent le choc des corps pour compoſer tout l'Univers, c'eſt un ſyſtême qui me paroît auſſi abſurde que celui d'Epicure qui fait naître le monde de la rencontre fortuite des atômes. Si un homme qui n'a pas les premieres notions de la peinture, me diſoit qu'en lui donnant de la toile, un pinceau, & des couleurs, il va faire un tableau qui l'emportera ſur ceux de Raphaël & de Michel Ange, je le trouverois moins fou ſans comparaiſon que celui qui, avec de la matiere & du mouvement, m'aſſure qu'il fera un monde tel que celui que nous habitons. Ce n'eſt pas aſſez d'avoir des couleurs & un pinceau, il faut ſçavoir les appliquer. De même ſuffit-il d'avoir en ſa diſpoſition de la matiere & du mouvement pour en faire un monde ſemblable au nôtre? Ceux de nos Philoſophes qui ont aſſez de préſomption pour le croire, ne me paroiſſent pas plus ſages, que ce jeune fou qui demanda au Soleil de lui laiſſer conduire ſon char.

L'Auteur. « La connoiſſance de cinq » ou ſix vérités a rendu leur Philoſophie » pleine de miracles, & leur a fait faire » plus de prodiges & de merveilles que » tout ce qu'on nous raconte de nos ſaints » Prophétes.

Seroit bien dupe qui s'imagineroit que l'Auteur n'a ici en vue que Hali, Mahomet, & les fanatiques de cette eſpece. Je l'ai dit, & je le repete. Mahomet & Hali ne ſont ici que des hommes de paille, ſous des noms qui paroiſſent à l'Auteur tout propres à recevoir les coups qu'il porte; il n'eſt pas douteux que c'eſt à Jeſus-Chriſt, aux Prophétes, & aux Apôtres qu'il en veut. Un Déiſte compte pour rien tous les miracles & tous les prodiges ſur leſquels la Religion Chrétienne eſt fondée. Les découvertes de quelques Philoſophes, leurs recherches, & ſouvent leurs opinions qui ſont de pures chimeres, lui paroiſſent au-deſſus de toute louange. Et ce qu'il refuſe à des hommes qui ne peuvent le tromper, il le prodigue à des hommes qui très-ſouvent s'égarent dans leurs raiſonnemens.

Mais quand ils seroient assez habiles pour ne pas se tromper dans des recherches de Physique ; encore une fois, à quoi menent ces connoissances ? & de quelle utilité sont-elles, pour éloigner du mal, & pour porter au bien ?

L'AUTEUR. « Je suis persuadé qu'il n'y a » aucun de nos Docteurs qui n'eût été em» barassé si on lui eût dit de peser dans une » balance tout l'air qui est autour de la » terre, ou de mesurer toute l'eau qui » tombe chaque année sur sa surface, & » qui n'eût pensé plus de quatre fois avant » de dire combien de lieues le son fait dans » une heure, & quel tems un rayon de » lumiere emploie à venir du soleil à nous: » combien de toises il y a d'ici à Saturne: » quelle est la courbe sur laquelle un vais» seau doit être taillé pour être le meil» leur voilier qui soit possible.

Nos Docteurs n'ont point pesé dans une balance tout l'air qui est autour de la terre. Mais ils ont commandé à tous les élémens, & tous les élémens leur ont obéi. Ils n'ont point mesuré toute l'eau qui tombe chaque année sur la face de la terre : mais ils ont commandé à la mer, & la mer a ouvert un passage aux travers de ses eaux. Ils ne nous ont point dit combien de lieues le son fait en une heure : mais ils ont parcouru les airs avec plus de rapidité que le son. Ils ne nous ont point dit quel tems un rayon de lumiere emploie à venir du soleil à nous : mais ils ont dit au soleil, arrête-toi, & le soleil s'est arrêté. Ils lui ont dit : Reviens sur tes pas, & il a obéi.

Nos Docteurs ne nous ont point appris combien de toiſes il y a d'ici à Saturne : mais prenant leur vol infiniment plus haut, ils ont dit : « Au commencement étoit le » Verbe, & le Verbe étoit avec Dieu, & » le Verbe étoit Dieu. Toutes choſes ont » été faites par lui ; & rien de ce qui a été » fait n'a été fait ſans lui. » Nos Docteurs ne nous ont point appris quelle eſt la courbe ſelon laquelle un vaiſſeau doit être taillé pour être le meilleur voilier qu'il ſoit poſſible : mais ils nous ont appris quelle eſt la régle qu'il faut ſuivre pour courir d'un vol rapide vers Dieu. Ils nous ont appris ce que doit faire celui qui eſt courbé vers la terre pour ſe redreſſer & s'élancer vers le ciel.

Voilà ce que tous les Algébriſtes, les Geométres & les Aſtronomes avec leurs lignes droites, leurs courbes & leurs calculs n'ont jamais fait. Nos Docteurs ont rendu la vue aux aveugles, l'ouïe aux ſourds, redreſſé les boiteux, fait parler les muets, reſſuſcité les morts. Où ſont les Philoſophes qui aient oſé l'entreprendre ? Douze hommes ſans étude, ſans ſcience, ſans crédit, ont entrepris de renverſer l'idolatrie & de faire croire au monde entier les dogmes les plus incroyables. Ils ont entrepris de perſuader aux Philoſophes mêmes de renoncer à Platon, à Ariſtote, à Epicure, & d'embraſſer une Religion où l'on enſeigne qu'il n'y a qu'un Dieu, & néanmoins qu'il y a trois Perſonnes en Dieu. Que la ſeconde Perſonne de cette Trinité divine s'eſt unie à notre nature, &

a pris un corps & une ame ſemblables aux nôtres dans le ſein d'une Vierge. Que cet Homme-Dieu a ſouffert le ſupplice de la croix pour nous réconcilier avec Dieu que nous avions offenſé. Que trois jours après ſa mort il eſt reſſuſcité. Qu'enſuite il eſt monté au ciel d'où il viendra juger les vivans & les morts. Que tous les hommes la fin du monde reſſuſciteront les uns pour être récompenſés à jamais de leurs bonnes œuvres ; & les autres pour être punis éternellement de leurs actions criminelles. Voilà ce que douze Pêcheurs ont entrepris de perſuader aux plus incrédules, & ce dont ils ſont venus à bout. Ils ont plus fait. Non-ſeulement ils ont éclairé l'eſprit & lui ont donné les connoiſſances les plus ſublimes : mais ils ont changé les cœurs. D'amateurs de toutes ſortes de voluptés ils ont rendu ceux qui ont cru à leur parole, chaſtes, réglés, tempérans. D'orgueilleux & ſuperbes les hommes ſont devenus humbles. D'ambitieux ils ont fui tout ce qui pouvoit les flatter dans le monde. L'avare s'eſt dépouillé avec joie de ſes richeſſes pour les répandre dans le ſein du pauvre. Plus d'infidélités dans les mariages. Plus de fraude dans le commerce. Une patience à toute épreuve, une charité ſans bornes. Voilà ce que l'Evangile prêché par des gens ſans lettres, a opéré dans le monde. Où ſont les calculateurs qui en aient fait autant ?

L'Auteur. « Peut-être que ſi quelque » homme divin avoit orné les Ouvrages » de ces Philoſophes en paroles hautes &

» ſublimes ; s'il avoit mêlé des paroles
» hardies, & des allégories myſtérieuſes,
» il auroit fait un bel Ouvrage qui n'auroit
» cédé qu'au ſaint Alcoran.

L'Alcoran n'eſt mis ici que pour couvrir le vrai deſſein de l'Auteur qui ſous ce nom ne cherche qu'à décrier les divines Ecritures. Son intention eſt aſſez dévelopée pour ſentir qu'il en veut au ſtile ſublîme des Prophétes, mais ce qui va ſuivre le montre évidemment.

L'Auteur. « Cependant s'il te faut dire
» ce que je penſe, je ne m'accommode
» guére du ſtile figuré. Il y a dans notre
» Alcoran un grand nombre de choſes puériles
» qui me paroiſſent toujours telles,
» quoiqu'elles ſoient relevées par la for-
» ce & la vie de l'expreſſion. Il ſemble
» d'abord que les Livres inſpirés ne ſont
» que des idées divines rendues en langa-
» ge humain : au contraire dans nos Li-
» vres ſaints, on trouve le langage de Dieu
» & les idées des hommes ; comme ſi par
» un admirable caprice, Dieu y avoit di-
» cté les paroles & que l'homme eût four-
» ni les penſées.

Ce n'eſt pas aux Livres ſaints qu'il faut attribuer les défauts que l'Auteur y veut trouver. Saint Auguſtin étant Manichéen & livré aux plaiſirs des ſens ne trouvoit point que les livres de l'Ecriture répondiſſent à la haute idée que l'on devoit en avoir. C'eſt que l'homme charnel n'entend rien aux choſes de Dieu. Dans les Prophétes les expreſſions ſont toujours au-deſſous des choſes qui leur ſont révélées :

mais souvent, comme ces choses sont cachées sous des allégories & des figures, celui qui ne va pas plus loin, & qui prend la figure pour la réalité, trouve que l'expression est outrée; & de-là, le dégoût pour ce qu'il y a de plus sacré. Il n'en est pas de même quand on pénétre le sens du Prophéte, & que l'on découvre les mysteres qu'il lui est ordonné de voiler. Alors nonobstant l'élévation du stile, on sent que l'infirmité humaine succombe devant la majesté de Dieu qui le révele.

Mais les livres historiques de l'Ecriture racontent les choses les plus surprenantes dans la plus grande simplicité. Les Evangélistes, par exemple, décrivent les actions de Jesus-Christ & ses miracles les plus grands sans exclamation, sans enflure de stile, sans aucunes réflexions, caractere qui leur est propre, & que l'on ne trouvera dans aucun autre historien.

L'Auteur. « Tu diras peut-être, que je » parle trop librement de ce qu'il y a de » plus saint parmi nous; tu croiras que » c'est le fruit de l'indépendance où l'on » vit dans ce pays. Non, graces au ciel, » l'esprit n'a pas corrompu le cœur, & » tandis que je vivrai, Hali sera mon » Prophéte.

Sous le nom de Hali, c'est Jesus-Christ que l'Auteur a en vue. Il veut que l'on croie qu'il est encore chrétien & qu'il le sera toujours nonobstant ses discours pleins d'impiété. Il nous assure que chez lui l'esprit n'a pas corrompu le cœur. Mais pour penser comme il fait, il faut que le cœur ait bien corrompu l'esprit : *Dixit insipiens in corde suo : Non est Deus.* C'est le cœur qui cherche à secouer le joug de la Religion. Guérissez-le & toutes les objections s'évanouiront. *Mores perducunt ad intelligentiam.* (*n*).

EXTRAIT DE LA LETTRE CX.

L'AUTEUR. « ON est bien embarrassé dans « *toutes* les Religions quand il » s'agit de donner une idée des plaisirs » qui sont destinés à ceux qui ont bien » vécu. On épouvante facilement les » méchans par une longue suite de pei- » nes dont on les menace : mais pour les » gens vertueux *on ne sçait que leur pro-* » *mettre* : il semble que la nature des plaisirs » soit d'être d'une courte durée. L'imagi- » nation a peine à en représenter d'autres.

Ici l'impiété saute aux yeux. L'Auteur prononce indifféremment de toutes les Religions qu'elles ne sçavent que promettre dans l'autre vie, à ceux qui ont bien vécu. C'est anéantir toutes les promesses que Dieu nous fait dans ses Ecritures. C'est rendre inutiles l'Incarnation & la mort du Fils de Dieu. C'est dire que Dieu nous a trompé, en nous assurant que nous le verrons face à face. Que l'œil n'a point vû, que l'oreille n'a point entendu, & que

(*n*) Aug. Tract. 18. in Johan. n. 7.

le cœur de l'homme n'a point compris ce que Dieu a préparé à ceux qui l'aiment.

Que l'Auteur se mocque comme il fait dans la suite de cette Lettre, du Paradis de Mahomet & de celui que promettent les Prêtres Indiens aux sectateurs de l'Idolâtrie, je n'ai rien à lui dire. Mais qu'il enveloppe avec les fausses Religions la véritable, & qu'il ose soutenir que dans TOUTES les Religions sans exception, on ne sçait que promettre aux gens vertueux, c'est porter l'impudence & l'irreligion au suprême dégré.

LETTRE XXVII.

Usbek à Gemchil.... Dervis au brillant Monastere de Tauris.

L'AUTEUR. « QUe pense-tu des Chrétiens, « sublime Dervis ? Crois-tu » qu'au jour du jugement ils seront com- » me les infidéles Turcs, qui serviront » d'ânes aux Juifs, & seront menés par » eux au grand trot en enfer ?

Le dessein de l'Auteur dans cette Lettre est d'attaquer ce dogme de la Religion : Que hors de l'Eglise il n'y a point de salut, & que quiconque n'aura pas crû en Jesus-Christ sera condamné. L'Auteur y suit toujours son plan qui est de paroître censurer la Religion de Mahomet, tandis que son principal dessein est de décrier la Religion chrétienne. Pour entrer dans les vues de l'Auteur, il faut prendre l'inverse de tout ce qu'il dit dans cette Lettre.

L'Auteur. « Je sçais bien qu'ils n'iront point (les Chrétiens) dans le séjour des Prophétes, & que le grand Hali n'est point venu pour eux, mais parce qu'ils n'ont pas été assez heureux pour trouver des Mosquées dans leurs pays, crois-tu qu'ils soient condamnés à des châtimens éternels, & que Dieu les punisse pour n'avoir pas pratiqué une Religion qu'il ne leur a pas fait connoître?

Sous le nom de Hali, c'est Jesus-Christ que l'Auteur a en vue. Combien de tems le genre humain a-t-il été privé de la véritable lumiere? Bien des siécles se sont écoulés avant la venue du Messie. Alors presque toute la terre étoit couverte de ténébres, & tous les peuples étoient assis dans les ombres de la mort. La Judée étoit la seule terre où Dieu fût connu. Ce qui donnoit lieu à David de célébrer la miséricorde de Dieu sur Israël. *Non fecit taliter omni nationi, & judicia sua non manifestavit eis.* L'Auteur ne peut digérer que des peuples qui n'ont pas connu l'Evangile & auxquels Jesus-Christ n'a point été annoncé, soient punis. Il auroit raison si Dieu punissoit de n'avoir pas cru en Jesus-Christ, des hommes auxquels Jesus-Christ n'auroit point été prêché. La foi en Jesus-Christ suppose la prédication de l'Evangile. Car comment les peuples croiront-ils en Jesus-Christ, si personne ne le leur prêche? Jesus-Christ dit lui-même que les

Juifs n'auroient point été punis de n'avoir pas crû en lui, s'il n'étoit venu au milieu d'eux avec tous les caracteres que devoit porter le Messie. Les peuples qui n'ont jamais entendu parler de Jesus-Christ, ne seront donc pas condamnés à des châtimens éternels pour n'avoir pas crû en lui : mais ils seront punis pour n'avoir pas accompli la loi naturelle que Dieu a gravée dans le cœur de tous les hommes. Or cette loi ne s'accomplit que par la grace de Jesus-Christ. Et la grace qui fait accomplir la loi n'est pas donnée à tous. Si l'Auteur demande comment après cela Dieu punit des hommes pour n'avoir point accompli sa loi ; il faut lui répondre. Que par le péché, Dieu n'a pas perdu le droit qu'il avoit de commander aux hommes. Mais qu'il peut sans injustice leur refuser sa grace. En péchant l'homme n'a pas cessé d'être libre. S'il n'accomplit pas la loi, c'est qu'il ne veut pas l'accomplir. Il fait le mal parce qu'il veut le faire. On ne peut dire de l'homme privé de la grace qui fait accomplir la loi, qu'il veut bien sincerement l'accomplir & qu'il ne le peut. Sans la grace on ne veut point le bien comme il faut pour l'accomplir. Mais on veut, & trop souvent avec ardeur, le mal que la loi défend. Si l'homme privé de la grace qui fait accomplir la loi, veut le mal librement, c'est donc à l'homme qu'il faut imputer le péché.

L'Auteur. « Je ne puis te dire, j'ai sou-
» vent examiné ces Chrétiens ; je les ai in-

» terrogés pour voir s'ils avoient quelque » idée du grand Hali qui étoit *le plus beau » de tous les hommes :* * j'ai trouvé qu'ils » n'en avoient jamais ouï parler.

Mettez Jesus-Christ à la place de Hali, & vous aurez le vrai sens de l'Auteur.

L'Auteur. « Ils ne ressemblent point » à ces Infidéles que nos saints Prophé- » tes faisoient passer au fil de l'épée, par- » ce qu'ils refusoient de croire aux mira- » cles du ciel : ils sont plutôt comme ces » malheureux qui vivoient dans les téné- » bres de l'Idolâtrie, avant que la divi- » ne lumiere vînt éclairer le visage de no- » tre grand Prophéte.

Ici l'Auteur a en vue les guerres que des Princes chrétiens ont faites ou aux infidéles ou aux hérétiques pour cause de Religion. En quoi ces Princes ont mon- tré plus de zele que de lumiere. L'esprit de la Religion est de chercher à persua- der les hommes, & non pas à les dé- truire.

L'Auteur. « D'ailleurs si l'on examine » de près leur Religion, (des Chrétiens) » on y trouvera comme une semence de » nos Dogmes.

Le vrai sens de l'Auteur est que si l'on examine de près la Religion de Maho- met on y trouvera comme une semence des dogmes du Christianisme.

L'Auteur. « J'ai souvent admiré les se- » crets de la Providenc qui semble les a- » voir voulu (les Chrétiens) préparer par- » là à la conversion générale. J'ai ouï

* L'Auteur applique à Hali ce que David dit du Messie.

» parler d'un livre de leurs Docteurs, intitulé: *La Polygamie Triomphante*, dans lequel il est prouvé que la Polygamie est ordonnée aux Chrétiens : leur baptême est l'image de nos ablutions légales, & les Chrétiens n'errent que dans l'efficacité qu'ils donnent à cette premiere ablution qu'ils croient devoir suffire pour toutes les autres : leurs Prêtres & leurs Moines prient comme nous sept fois le jour : ils esperent de jouir d'un Paradis, où ils gouteront mille délices par le moyen de la résurrection des corps : Ils ont comme nous des jeûnes marqués, des mortifications avec lesquelles ils esperent fléchir la miséricorde divine ; ils rendent un culte aux bons Anges & se méfient des mauvais : ils ont une *sainte crédulité* pour les miracles que Dieu opere par le ministére de ses serviteurs : ils reconnoissent comme nous l'insuffisance de leurs mérites, & le besoin qu'ils ont d'un intercesseur auprès de Dieu. Je vois par-tout le Mahométisme, quoique je n'y trouve point Mahomet.

Cela veut dire que l'Auteur trouve le Christianisme par-tout dans la Religion de Mahomet, quoiqu'il n'y trouve pas Jesus-Christ. Son but est de faire entendre par là qu'au fond tout le culte extérieur revient à peu près au même dans toutes les Religions, & que pourvû que l'on reconnoisse en général la Divinité, & que l'on observe cette loi du droit naturel, Ne faites point point à autrui ce que vous ne voulez pas que l'on vous faſſe à vous-même ; le reſte eſt indifférent. Ce que dit l'Auteur, qu'il a ouï parler d'un Livre qui prouve que la Polygamie eſt commandé aux Chrétiens, eſt pour rapprocher autant qu'il peut la Religion de Jeſus-Chriſt de celle de Mahomet. C'eſt dans le même eſprit qu'il dit que les Chrétiens eſperent un Paradis où ils goûteront mille délices *par le moyen de la réſurrection des corps*. Au contraire Jeſus-Chriſt dit qu'après la réſurrection les hommes n'épouſeront plus de femmes ; mais qu'ils ſeront ſemblables aux Anges de Dieu.

L'Auteur. « On a beau faire, la vérité » s'échape & perce toujours les ténébres » qui l'environnent. Il viendra un jour où » l'Eternel ne verra ſur la terre que des » vrais croyans : le tems qui conſume tout, » détruira les erreurs mêmes : tous les hom- » mes ſeront étonnés de ſe voir ſous le » même étendart ; tout juſqu'à la loi ſera » conſommé ; les exemplaires ſeront enle- » vés de la terre, & portés dans les céle- » ſtes archives.

Si l'Auteur entend cela généralement de tous les hommes, il veut dire que tous les hommes nonobſtant la diverſité des Religions, jouiront tous du même bonheur. Si l'Auteur reſtreint ce qu'il dit, aux hommes qui ſe trouveront à la fin des tems, il paroît que c'eſt une raillerie des promeſſes qui regardent la converſion des Juifs & par eux celle de tous les peuples de la terre.

LETTRE XXXV.

L'AUTEUR. « JE vois ici des gens qui disputent « sans fin sur la Religion: mais » il me semble qu'ils combattent en même-tems à qui l'observera le moins.

L'Auteur date sa Lettre de Paris. C'est donc des disputes qu'il y a actuellement dans l'Eglise qu'il prétend parler. Il a raison de blâmer ceux qui disputent de la Religion sans se mettre en peine de l'observer. Mais il va plus loin. Il prétend comme dans la lettre précédente, faire voir que tout culte est indifférent, pourvû que l'on accomplisse extérieurement les préceptes de la loi naturelle : c'est à quoi tendent tous les Ecrits que les Déistes répandent aujourd'hui.

L'AUTEUR. « Non-seulement (ces gens » qui disputent sur la Religion) ne sont » pas meilleurs Chrétiens ; mais même » meilleurs citoyens , & c'est ce qui me » touche : car dans quelque Religion qu'on » vive , l'observation dès loix , l'amour » pour les hommes , la piété envers les pa- » rens , sont toujours les *premiers* actes de » Religion.

Le premier de tous les devoirs est d'aimer Dieu de tout notre cœur , de toute notre ame , de toutes nos forces & de tout notre esprit. Le second, d'aimer le prochain comme nous-mêmes. L'Auteur donne au second précepte le premier rang ; en quoi il commet une souveraine injustice *envers Dieu.*

L'AUTEUR. « En effet le premier objet » d'un homme religieux, ne doit-il pas » être de plaire à la Divinité qui a établi » la Religion qu'il professe ?

Il ne falloit donc pas dire que le premier acte de Religion, est l'amour pour les hommes.

L'AUTEUR. « Mais le moyen le plus sûr » pour y parvenir (de plaire à la Divinité) » est sans doute d'observer les regles de la » société, & les devoirs de l'humanité; car » en quelque Religion qu'on vive, dès » qu'on en suppose une, il faut bien aussi » qu'on suppose que Dieu aime les hom- » mes, puisqu'il établit une Religion pour » les rendre heureux : que s'il aime les » hommes, on est sûr de lui plaire en les » aimant aussi ; c'est-à-dire, en exerçant » envers eux tous les devoirs de la cha- » rité & de l'humanité, & en ne violant » point les loix sous lesquelles ils vivent.

L'Auteur se trompe lourdement en croyant que si l'on aime son prochain, l'on est sûr de plaire à Dieu, en quelque Religion que l'on vive. Il n'y a qu'un Dieu ; donc il n'y a qu'une seule Religion où l'on puisse plaire à Dieu. C'est dans cette Religion que l'on aime le prochain comme il faut. Dans toute autre Religion on peut aimer son prochain & être soumis aux loix de la société : mais on aimera mal, & l'obéissance sera défectueuse. Pour plaire à Dieu il faut l'aimer pour lui-même & toutes choses par rapport à lui. C'est qu'il n'y a pas un ſeul mouvement du cœur qui ne doive tendre vers Dieu, & ſe repoſer en Dieu. Dieu eſt la fin où doivent aboutir toutes nos penſées, toutes nos paroles & toutes nos actions. Tout mouvement du cœur qui ſe détourne de cette fin pour ſe repoſer dans la créature eſt un déſordre. C'eſt un larcin qu'on fait à Dieu d'un bien qui lui appartient par toutes ſortes de titres. C'eſt donc par l'amour de la fin que l'on doit juger de la bonté ou de la malice d'une action. Toute action dont Dieu eſt la fin, ne peut manquer de plaire à Dieu. Toute action dont Dieu n'eſt pas la fin, ne peut manquer de lui déplaire. Or comment les actions d'un Infidéle auroient-elles Dieu pour fin? Il ne connoît pas Dieu. Il ne faut donc pas dire que dans toute Religion, on eſt sûr de plaire à Dieu, ſi l'on aime ſon prochain. Encore une fois on ne ſçauroit plaire à Dieu qu'en aimant Dieu pour lui-même & le prochain pour la gloire de Dieu. Et voilà ce que l'on ne fait que dans le Chriſtianiſme. Tout Chrétien doit remplir ce précepte. Mais tout Chrétien ne le remplit pas. Le Chrétien qui y manque ſera puni plus rigoureuſement que l'infidéle: parce que le ſerviteur qui connoît la volonté de ſon maître & ne la fait pas, eſt plus coupable que celui qui ne la connoiſſant pas, a le malheur de la tranſgreſſer.

L'Auteur. « On eſt bien plus sûr par-» là de plaire à Dieu, qu'en obſervant » telle & telle cérémonie: car les céré-

» monies n'ont point un degré de bonté » par elle-mêmes ; elles ne sont bonnes » qu'avec égard, & dans la supposition » que Dieu les a commandées : mais c'est » la matiere d'une grande discussion ; on » peut facilement s'y tromper, car il faut » choisir celles d'une Religion entre celles » de deux mille.

L'Auteur ne demande pour plaire à Dieu que l'amour du prochain. Dans la vraie Religion, c'est l'amour de Dieu qui est commandé avant tout, & qui donne le prix à tout, même à l'amour du prochain. A l'égard de ce que l'Auteur appelle les *Cérémonies* de la Religion, Dieu déteste toutes celles des fausses religions ; & bien loin d'avoir en elles-mêmes quelque degré de bonté, elles ne peuvent que rendre plus criminels ceux qui les observent. Il n'en est pas de même de la vraie Religion. L'Auteur entend par *Cérémonies*, à l'égard de l'Eglise Catholique, les Sacremens, le Sacrifice, & tout ce qui a rapport au culte extérieur. Il est hors de doute que les Sacremens ne nous justifieront pas devant Dieu, si nous n'aimons pas : mais il ne faut pas s'imaginer, comme fait l'Auteur, que l'on puisse plaire à Dieu en négligeant de recevoir les Sacremens. Jesus-Christ dit : [« Si l'homme n'est régénéré » de l'eau & de l'esprit, il ne peut entrer » dans le royaume de Dieu. (Et encore) » Si vous ne mangez la chair du Fils de » l'Homme, & ne buvez son sang, vous » n'aurez point la vie en vous.] « *Les Cé-* » *rémonies*, dit l'Auteur, ne sont bonnes

» que dans la supposition que Dieu les a » commandées; mais c'est la matiere d'une » grande discussion : on peut facilement » s'y tromper ; car il faut choisir celles d'u- » ne religion entre celles de deux mille. » Comme si les preuves des fausses religions pouvoient être mises en parallele avec celles qui établissent la vérité de la Religion chrétienne, de ses dogmes, de ses Sacremens & de son Sacrifice. La Religion chrétienne commence avec le monde, & prouve sa descendance jusqu'à nous par des témoignages sans nombre. Ses états differens ont été annoncés par des hommes qui ont prouvé par des miracles éclatans, qu'ils étoient les Prophétes & les Envoyés de Dieu. Ses Sacremens ont eu Jesus-Christ pour auteur ; & Jesus-Christ, annoncé par les Prophétes, a établi sa mission divine par des preuves qui ont forcé l'incrédulité même à se rendre. Nous dire maintenant que c'est la matiere d'une grande discussion, de savoir si Dieu a établi des Sacremens, & que l'on peut facilement s'y tromper, ce n'est pas la raison qui fait naître ces doutes ; c'est le libertinage de l'esprit & du cœur si commun aujourd'hui. Non : de savoir si les Sacremens sont d'institution divine, ce n'est point la matiere d'une grande discussion. Il y a long-tems qu'elle est faite cette discussion. Un esprit raisonnable s'y rendra toûjours aisément. Mais de ne pas se rendre à l'évidence des preuves sur lesquelles la Religion & ses Sacremens sont appuyés, & chercher dans les détours &

les subtilités de son esprit dequoi s'étourdir, & se faire illusion à soi & aux autres: Voilà ce qui demande du travail, & à quoi l'Impie perd souvent bien du tems; au lieu qu'il ne lui faudroit que quelques momens pour se rendre à l'évidence qu'il combat.

L'Auteur. « Un homme faisoit tous » les jours à Dieu cette priere: Seigneur, » Je n'entens rien dans les disputes que » l'on fait sans cesse à votre sujet. Je vou- » drois vous servir selon votre volonté; » mais chaque homme que je consulte » veut que je vous serve à la sienne. Lors- » que je veux vous faire ma priere, je ne » sais en quelle langue je dois vous par- » ler; je ne sais pas non plus en quelle » posture je dois me mettre: l'un dit que » je dois vous prier debout; l'autre veut » que je sois assis; l'autre exige que mon » corps porte sur mes genoux. Ce n'est pas » tout: il y en a qui prétendent que je » dois me laver tous les matins avec de » l'eau froide; d'autres soutiennent que » vous me regarderez avec horreur, si je » ne me fais pas circoncire. Il m'arriva » l'autre jour de manger un lapin dans un » Carvanserai: trois hommes qui étoient » auprès de-là me firent trembler. Ils me » soutinrent tous trois que je vous avois » griévement offensé; l'un parceque cet » animal étoit immonde; l'autre, parce- » qu'il étoit étouffé; l'autre enfin, parce- » qu'il n'étoit pas poisson. Un Brachma- » ne qui passoit par-là, & que je pris » pour juge, me dit: Ils ont tort; car

» apparemment vous n'avez pas tué vous-
„ même cet animal ? Si fait, lui dis-je.
„ Ah ! vous avez commis une action abo-
„ minable, & que Dieu ne vous pardon-
„ nera jamais, me dit-il d'une voix séve-
„ re. Que savez-vous si l'ame de votre
„ pere n'étoit pas passée dans cette bête ?
„ Toutes ces choses, Seigneur, me jet-
„ tent dans un embarras inconcevable.
„ Je ne puis me remuer la tête que je ne
„ sois menacé de vous offenser : cepen-
„ dant je voudrois vous plaire, & em-
„ ployer à cela la vie que je tiens de vous.
„ Je ne sais si je me trompe : mais je
„ crois que le meilleur moyen pour y par-
„ venir, est de vivre en bon citoyen dans
„ la société où vous m'avez fait naître,
„ & en bon pere dans la famille que vous
„ m'avez donnée. „

C'est-à-dire, que toute religion est indifférente, pourvû que l'on y remplisse les devoirs de la société. Mais nous venons de voir que l'on ne pratique comme il faut les devoirs de la société, que quand l'amour de Dieu en est le principe, & sa gloire la fin. Que ce n'est que dans la Religion chrétienne que l'on remplit le double précepte d'aimer Dieu pour lui-même, & le prochain pour Dieu. L'Auteur suppose que l'homme n'a besoin que de lui-même pour plaire à Dieu. Mais une autorité plus grande, l'Evangile, nous apprend que sans la Foi il est impossible de plaire à Dieu, & que sans la Grace on ne peut ni croire, ni accomplir aucun des commandemens : or la Grace qui fait croire & accomplir les commandemens n'eſt pas donnée à tous. Que le Juif, le Turc, l'Arménien & l'Indien ſe faſſent une religion de vaines obſervances, le Chrétien inſtruit de ſa religion n'en uſe pas ainſi. Jamais la Religion chrétienne n'a fait conſiſter la piété dans des choſes vaines & puériles. Ses Dogmes n'annoncent rien que de grand, & qui ne ſoit digne de Dieu ; ſa Morale eſt exacte & pure ; ſa Diſcipline ſainte ; ſes Cérémonies reſpectables. Sur tous ces points aucune des religions qui ſont dans le monde ne peut entrer en lice avec la Religion chrétienne. L'Impie a beau faire ; tous ſes efforts contre la Religion s'évanouïront. Depuis le commencement du monde l'Enfer a combattu contre elle, & jamais il n'a prévalu : il combattra juſqu'à la fin du monde, & jamais il ne prévaudra.

LETTRE CII.

L'AUTEUR. « NOus avons jusqu'ici parlé des « Pays Mahométans, & cherché „ la raison pour quoi ils étoient moins peu- „ plés que ceux qui étoient soûmis à la „ domination des Romains : examinons „ à présent ce qui a produit cet effet „ chez les Chrétiens. Le divorce étoit „ permis dans la religion payenne, & il „ fut défendu aux Chrétiens. Ce change- „ ment, qui parut d'abord de si petite „ conséquence, eut insensiblement des sui- „ tes terribles, & telles qu'on peut à „ peine les croire. On ôta non-seulement „ toute la douceur du mariage, mais auf- „ si l'on donna atteinte à sa fin : en vou- „ lant resserrer les nœuds, on les relâcha; „ & au lieu d'unir les cœurs, comme on „ le prétendoit, on les sépara pour ja- „ mais. „

Je n'ai pas besoin de faire sentir l'impiété de ces dernieres paroles. Qui ne voit que c'est Jesus-Christ que l'Auteur accuse d'avoir donné atteinte à la fin du mariage, en condamnant le divorce? Il faut avoir perdu avec la Religion toute pudeur, pour oser écrire que la prohibition du divorce est contraire à la fin du mariage. Qui connoît mieux pourquoi le mariage a été institué que celui qui l'a institué? Dieu n'a donné qu'une femme au premier homme; & le premier homme ne pouvoit répudier

répudier sa femme pour en épouser une autre, qu'il n'épousât quelqu'un de ses enfans. Dieu a-t-il donné atteinte à la fin du mariage en ne laissant à Adam d'autre parti que celui de demeurer uni avec Eve ? Le monde qui a été submergé dans les eaux du déluge n'a eu pour Pere qu'un seul homme. Le monde qui subsiste aujourd'hui, est venu tout entier d'un seul homme, sçavoir Noé qui n'avoit aussi qu'une seule femme. Le monde peuplé deux fois par un seul homme & par une seule femme ne dit-il pas à notre raisonneur & à ses semblales, que le divorce n'est point la voie que Dieu a choisie pour peupler les Etats ! Le divorce dans l'ancienne loi, a été accordé à la dûreté de cœur du peuple Juif; mais nullement comme un moyen de le multiplier. Et l'on ose aujourd'hui s'élever contre Jesus-Christ qui en rappellant les choses à leur premiere institution, montre combien sa doctrine est conforme aux loix primordiales du genre humain !

L'Auteur. « Dans une action si libre, & » où le cœur doit avoir tant de part, on » mit la géne, la nécessité & fatalité du » destin même. On compta pour rien les » dégoûts, les caprices, & l'insociabilité » des humeurs : on voulut fixer le cœur; » c'est-à-dire, ce qu'il y a de plus varia- » ble, & de plus inconstant dans la na- » ture : on attacha sans retour & sans es- » pérance des gens accablés l'un de l'au- » tre, & presque toujours mal assortis : & » l'on fit comme ces Tyrans qui faisoient » lier des hommes à des corps morts.

Ces reprochess retombent sur Dieu même, qui nonobstant tous les inconvéniens que l'Auteur exagere n'a donné qu'une femme à Adam pour une vie de 930 ans; & de même à Noé pour une vie de 950 ans.

Ici l'Auteur oublie qu'il veut tout ramener aux premieres loix de la nature. Trouvera-t-il le divorce établi dès le premier âge du monde? Plaisant réformateur qui regarde comme insupportable l'indissolubilité du mariage! A l'entendre, la loi qui prescit au mari & à la femme de ne pas se quitter pour en épouser d'autres, est semblable à celle de ce Tyran qui faisoit lier des hommes vivans à des hommes morts. De pareilles plaintes n'annoncent-elles pas combien le cœur d'où elles partent est corrompu? L'Auteur ne donne aucunes bornes à la liberté qu'il demande pour le mari & la femme de faire divorce & de contracter de nouveaux mariages. Que seroit-ce que cette liberté effrénée de renvoyer autant de femmes ou autant de maris que l'on voudroit pour en épouser d'autres? Quels désordres ne verroit-on pas dans les familles? Quelle confusion dans les mariages & dans les enfans qui en naîtroient? Si les Romains ont permis le divorce, est-ce par cet endroit qu'ils méritent d'être loués? Ce prétendu remede dans lequel l'Auteur fait consister la *douceur* du mariage, a-t-il donc produit chez les Romains tous les biens que ce grand Politique veut nous y faire appercevoir? Quelle peinture les Poëtes nous font-ils des mœurs de ces hommes que l'on nous donne pour des modeles! Si l'on croit que les Poëtes ont exagéré, tenons-nous-en aux Historiens. La permission de faire divorce a-t-elle rendu les mariages plus chastes, & fixé les cœurs pour n'aimer qu'un seul objet? Non-seulement les Auteurs profanes, mais les Auteurs sacrés sont témoins du contraire. Qui peut lire sans en être effrayé les désordres où sont tombés les prétendus sages que Saint Paul attaque dans l'Epître aux Romains? Mais peut-on refuser son admiration à la sainteté qui regnoit dans les mariages des premiers Chrétiens? Qu'on s'éfforce aujourd'hui d'y revenir; que l'on mette en pratique les maximes de la Religion Chrétienne, & tous les désordres que l'Auteur apperçoit dans les mariages mal assortis, ne seront plus.

L'Auteur. « Rien ne contribuoit plus » à l'attachement mutuel, que la faculté » du divorce : un mari & une femme » étoient portés à supporter patiemment » les peines domestiques, sçachant qu'ils » étoient maîtres de les faire finir; & ils » gardoient souvent ce pouvoir en main » toute leur vie sans en user, par cette » seule considération qu'ils étoient libres » de le faire.

Les paradoxes ne coûtent rien à l'Auteur. Dans l'état où sont les mœurs aujourd'hui, si le divorce étoit permis, on ne verroit que séparations. Les hommes renverroient leurs femmes pour en épouser d'autres; les femmes quitteroient leurs maris pour prendre de nouveaux engagemens,

& l'on ſent quelles ſeroient les ſuites de ce libertinage. Point du tout, dit l'Auteur, rien ne contribueroit plus à rendre les mariages ſtables que la liberté d'en contracter de nouveaux. Le mari diroit à la femme, je vous garde parce que je puis vous renvoyer. La femme tiendroit le même langage au mari, & voilà ce qui reſſerreroit les liens mutuels de l'époux & de l'épouſe, ſi tant eſt que l'on puiſſe appeller liens ce que l'on pourroit rompre dès qu'on le voudroit.

Je prie qu'on remarque combien eſt bas le motif que l'Auteur donne au mari & à la femme pour rendre leur mariage ſtable, & leur union permanente. Un mari ne s'attache à ſa femme, & une femme à ſon mari que parce qu'ils peuvent ſe quitter. C'eſt à *cette ſeule conſidération* que l'Auteur rapporte l'attachement mutuel des deux époux. Eſt-il rien de plus capable de réfroidir des cœurs que de pareils motifs ? Combien ceux que préſente la Religion Chrétienne ſont-ils differens ? Elle apprend à l'homme que la femme a été tirée de ſon côté, & formée de ſa chair. » Voici l'os de mes os & la chair de ma » chair, dit Adam, à la vue de celle que » Dieu lui a deſtiné pour épouſe. C'eſt » pourquoi l'homme quittera ſon pere & » ſa mere pour s'attacher à ſa femme & » ils ſeront deux en une ſeule chair. » A quoi Jeſus-Chriſt ajoute, « Que l'hom» me donc ne ſépare point ce que Dieu » a uni. » Il ne faut que rentrer en ſoi-même, & y écouter la voix de la nature pour sentir que le mariage est un contrat qui doit être indissoluble ; & que c'est agir contre l'institution du Créateur que de séparer ce qu'il a créé pour être uni. Est-ce le moyen d'affermir & de cimenter cette union, que de se dire à soi-même qu'elle peut être rompue de part & d'autre sur le moindre mécontentement ? S'attache-t-on aux personnes dont on a lieu de craindre l'inconstance & la légereté ? L'Auteur dit que ce qu'il y a de plus variable, & de plus inconstant dans la nature, c'est le cœur. Cet aveu renverse toute sa réthorique.

L'Auteur. « Il n'en est pas de même » des Chrétiens que leurs peines présen» tes désesperent pour l'avenir : ils ne » voient dans les désagrémens du maria» ge que leur durée, & pour ainsi dire, » leur éternité: de-là viennent les dégoûts, » les discordes, les mépris ; & c'est au» tant de perdu pour la postérité. A pei» ne a-t-on trois ans de mariage, qu'on » en néglige l'essentiel : on passe ensemble » trente ans de froideur. Il se forme des » séparations intestines aussi fortes, & » peut-être plus pernicieuses que si elles » étoient publiques : chacun vit & reste » de son côté au préjudice des races fu» tures. Bien-tôt un homme dégoûté d'u» ne femme éternelle se livrera aux filles » de joie : commerce honteux & si con» traire à la société, lequel sans remplir » l'objet du mariage, n'en représente tout » au plus que les plaisirs.

Sont-ce des Chrétiens que l'Auteur vient

de peindre ? ils peuvent en porter le nom. Mais qu'ils ſont éloignés de la réalité ! Les Chrétiens s'aiment d'un amour chaſte & pur , & ne regardent point comme un joug dur & peſant l'indiſſolubilité du mariage. Si l'une des parties eſt chrétienne & que l'autre ne le ſoit que de nom , la partie fidéle ne ſe déſeſpere point ; mais elle ſouffre avec partience les mauvais traitemens de la partie infidéle , & elle n'oublie rien pour la gagner & la rappeller à ſon devoir. L'Auteur juge des mariages des Chrétiens par ceux dont il eſt témoin. C'eſt qu'il ne hante que des Chrétiens de ſon eſpece. Quoique le nombre des vrais Chrétiens ſoit petit aujourd'hui, il en eſt cependant encore dont les mœurs répondent à la ſainteté de la Religion. Que l'Auteur ne rejette donc pas ſur le Chriſtianiſme les déſordres qui regnent dans tant de mariages. L'Egliſe ne reconnoît point pour ſes enfans ceux qui la déshonorent & qui font blaſphémer le nom de Dieu par les impies. Des Chrétiens de cette eſpece ſont des membres pourris ; & quoiqu'ils ſoient extérieurement dans l'Egliſe, ils n'y ſont que comme les mauvaiſes humeurs dans le corps humain. L'Egliſe les tolere dans l'eſpérance de leur changement : mais juſqu'à ce qu'il ſoit arrivé , elle les regarde comme ſa croix, non comme ſa gloire & ſa couronne.

L'Auteur. « Si de deux perſonnes ainſi » liées , il y en a une qui n'eſt pas propre » au deſſein de la nature , & à la propaga» tion de l'eſpece , ſoit par ſon tempéram-

» ment, soit par son âge, elle ensevelit
» l'autre avec elle, & la rend aussi inutile
» qu'elle l'est elle-même.

Par cette raison il auroit fallu qu'Abraham eût renvoyé Sara qui ne devint mere qu'à l'âge de 90 ans. Par la même raison il auroit fallu qu'Isaac eût renvoyé Rebecca qui ne conçut qu'après 20 ans de mariage. Zacharie auroit du renvoyer Elisabeth qui étoit stérile, & qui n'enfanta que dans sa vieillesse. Mais les Patriarches n'avoient pas été instruits à l'école de ces *hommes de genie* qui ont si bien pénétré *l'Esprit des Loix.* C'est à leur école que l'on apprend à réformer ce que Dieu même a prescrit aux hommes.

L'Auteur. « Il ne faut donc pas s'éton-
» ner si l'on voit chez les Chrétiens tant de
» mariages fournir un si petit nombre de
» citoyens : le divorce est aboli : les ma-
» riages mal assortis ne se racommodent
» plus : les femmes ne passent plus comme
» chez les Romains successivement dans
» les mains de plusieurs maris, qui en ti-
» roient dans le chemin le meilleur parti
» qu'il étoit possible!

Belle réflexion! & vraiment digne de celui qui la fait.

L'Auteur. « J'ose le dire, si dans une
» République comme Lacédémone, où
» les citoyens étoient sans cesse gênés par
» des loix singulieres & subtiles, & dans
» laquelle n'y avoit qu'une famille qui
» étoit la République, il avoit été éta-
» bli que les maris changeassent de fem-
» mes tous les ans, il en seroit né un peu-
» ple innombrable.

Voilà donc le desir de l'Auteur manifesté. Quels vœux que ceux que forment ces Censeurs de la Religion Chrétienne! Ils voudroient des loix qui obligeassent à changer de femmes tous les ans. Ici la bouche parle de l'abondance du cœur. Sont-ce des hommes qui forment de pareils vœux? Ces ames de boue ne sçauroient s'élever au-dessus de la terre. Il ne parlent que de propagation de l'espece, & de ce qui tend à peupler un Etat. Ils voudroient que les hommes fussent métamorphosés en étalons, c'est ainsi que Dieu punit ceux qui se glorifient des talens qu'il leur a donnés. Dieu les rend semblables aux bêtes & les livre à un sens réprouvé. *Homo, cum in honore esset, non intellexit. Comparatus est jumentis insipientibus & similis factus est illis.*

L'Auteur. « Il est assez difficile de faire » bien comprendre la raison qui a porté » les Chrétiens à abolir le divorce. Le ma» riage chez toutes les Nations du mon» de, est un contrat susceptible de toutes » les conventions, & on n'en a dû bannir » que celles qui auroient pu en affoiblir » l'objet: mais les Chrétiens ne le regar» dent pas dans ce point de vue, aussi ont» ils bien de la peine à dire ce que c'est. » Ils ne le font pas consister dans le plaisir » des sens: au contraire, comme je l'ai » déja dit, il semblent qu'ils veulent l'en » bannir autant qu'ils peuvent: mais c'est » une image, une figure, & quelque cho» se de mystérieux que je ne comprends » pas.

Je prends acte de l'aveu que fait l'Auteur,

que les Chrétiens ne font pas confifter le mariage dans le plaifir des fens. Cet aveu tourne totalement à l'avantage de la Religion. Un Chrétien ne fe marie point dans la vue de fatisfaire la cupidité. En fe mariant il peut dire avec vérité : « Vous fçavez, Seigneur, que ce n'eft point par » paffion que je prends une époufe, mais » dans la feule vue d'avoir des enfans qui » béniffent votre faint Nom (o). » L'Auteur ajoute que le mariage felon les Chrétiens, eft « une image, une figure, & quel» que chofe de myftérieux qu'il ne com» prend point. » Cela n'eft pas étonnant. L'homme animal ne comprend rien aux chofes de Dieu. Dire à un Déifte que le mariage eft un grand myftere en Jefus-Chrift & en l'Eglife, rien ne lui paroît fi ridicule. L'union de Jefus-Chrift avec l'Eglife, donnée pour modéle aux Epoux, eft un objet que l'homme charnel ne fçauroit faifir. Il lui faut des objets qui lui foient proportionnés. Cependant l'Auteur croit fa critique fort fpirituelle. Mais dans toute cette Lettre qu'a-t-il fait que de nous donner de nouvelles preuves du dérangement de fon efprit & de la corruption de fon cœur? Je ne réponds point à ce qu'il dit que les Chrétiens ont bien de la peine à dire ce que c'eft que le mariage. La vérité eft qu'il n'y a que les Chrétiens qui en connoiffent la fainteté, & qui en mettent les regles en pratique.

(o) Tobie ch. 8. 9.

LETTRE CIII.

L'AUTEUR. « LA prohibition du divorce n'eſt « pas la ſeule cauſe de la dépo» pulation des païs Chrétiens. Le grand » nombre d'Eunuques qu'ils ont parmi » eux n'en eſt pas un moins conſidérable. » Je parle des Prêtres, & Dervis de l'un » & de l'autre ſexe qui ſe vouent à une » continence éternelle: en quoi je ne les » comprends pas, ne ſçachant ce que c'eſt » qu'une vertu dont il ne réſulte rien.

On a vu dans la Lettre précédente le goût décidé de l'Auteur pour ce qu'il appelle, la *propagation de l'eſpece.* Un homme qui met la vertu à changer de femme tous les ans, doit trouver bien étrange une Religion qui éleve la virginité au-deſſus du mariage. Il demande ce que c'eſt qu'une vertu dont il ne réſulte rien. C'eſt que dans les principes de l'Auteur, la ſociété eſt la fin de l'homme, & que ne pas contribuer à la propagation de l'eſpece, c'eſt ſelon lui, ne pas remplir la fin pour laquelle nous avons été créés. Un homme qui auroit quelque reſpect pour la Religion ſe donneroit bien de garde de décrier un état que Jeſus-Chriſt a embraſſé, un état qui dans un corps mortel nous rend ſemblables aux Anges; mais qu'attendre d'un homme qui n'a ni religion ni pudeur?

L'AUTEUR. « Je trouve que leurs Do» cteurs ſe contrediſent manifeſtemen

» quand ils disent, que le mariage est saint, » & que le célibat qui lui est opposé l'est » encore davantage ; sans compter qu'en » fait de préceptes, & de dogmes fonda- » mentaux, le bien est toujours le mieux.

Nos Docteurs ont raison lorsqu'ils disent que le mariage est saint, & que la virginité l'est encore davantage. En cela il n'y a point de contradiction. Le mariage n'est point opposé à la virginité, comme le bien est opposé au mal. Le mariage & la virginité sont deux états dont l'un est moins parfait & l'autre plus parfait. Ni l'un ni l'autre ne sont commandés à un Chrétien ; & ainsi, ce que dit l'Auteur, qu'en fait de *préceptes*, le bien est toujours le mieux, ne peut avoir ici son application.

L'Auteur. « Le nombre de ces gens faisant profession du célibat est prodigieux. » Les peres y condamnoient autrefois les » enfans dès le berceau. Aujourd'hui ils se » vouent eux-mêmes dès l'âge de 14 ans,* » ce qui revient à peu près à la même cho- » se. Ce *métier* de continence a annéanti » plus d'hommes que les pestes & les guer- » res les plus sanglantes n'ont jamais fait. » On voit dans chaque maison Religieu- » se une famille éternelle, où il ne naît » personne, & qui s'entretient aux dé- » pens de tous les autres : ces maisons sont » toujours ouvertes comme autant de » gouffres, où s'ensevelissent les races fu- » tures.

Ce que l'Auteur dit ici, on le retrouve dans *l'Esprit des Loix*, dans les quatre *Lettres*

* Il falloit dire 16 ans accomplis.

contre l'immunité du Clergé, dans le Livre des *Mœurs*, dans la *Voix du Sage & du Peuple*, & dans une multitude d'Ecrits composés par les Déistes & les disciples de Spinoza. Dans le sistême de tous ces impies, on raisonne de l'homme comme on raisonne des animaux. *La propagation de l'espece* est le grand bien qu'on en attend. Ils veulent qu'un Prince ne souffre dans ses Etats que des personnes qui entrent dans ce plan. Ils regardent la continence comme une peste. C'est qu'ils n'ont d'espérance que dans cette vie : mangeons, disent-ils, & buvons, nous mourrons demain. A de tels discours que répondre? Rien du tout : avec des pourceaux, on se taît ; & l'on attend qu'il soient convertis en hommes.

L'Auteur. « Cette politique est bien » différente de celle des Romains qui éta» blissoient des loix pénales contre ceux » qui se refusoient aux loix du mariage, » & vouloient jouir d'une liberté si con» traire à l'utilité publique.

C'est toujours à cette vie-ci, que le Déiste borne ses vues. Il n'en connoît pas d'autres. La Politique des Romains lui paroît bien plus sage que la sagesse de l'Evangile. Les Romains n'avoient d'espérance que pour cette vie, & n'y cherchoient que la félicité de leur Empire. C'est ce qui ravit l'Auteur & lui donne tant de goût pour les loix de l'Empire Romain. Il veut que les Princes chrétiens y accommodent les leurs, & qu'ils prennent pour guides sur une matiere qui intéresse la Religion des hommes qui ont vécu dans les ténebres de l'idolâtrie, & qui étoient bien éloignés de connoître la virginité, eux qui ne connoissoient pas le Dieu qui nous l'a proposée comme un état de perfection.

L'Auteur. « Je ne te parle que des Païs » Catholiques. Dans la Religion Protestan- » te tout le monde est en droit de faire » des enfans. Elle ne souffre ni Prêtres, » ni Dervis, & si dans l'établissement de » cette Religion qui ramenoit tout aux » premiers tems, ses fondateurs n'avoient » été accusés sans cesse d'intempérance, il » ne faut pas douter qu'après avoir rendu » la pratique du mariage universelle, ils » n'en eussent encore adouci le joug & » achevé d'ôter toute la barriere qui sé- » pare en ce point le Nazaréen & Ma- » homet.

Est-ce un reproche pour l'Eglise, & un sujet de gloire pour les Protestans de ce que ceux-ci n'ont ni Prêtres ni Moines, & que tous leurs Ministres peuvent s'engager dans le mariage. Luther quitta son cloître pour épouser une Religieuse. Dans les principes de l'Auteur, cette action ne peut être accusée d'intempérance. C'étoit entrer dans les vues de la nature & commencer à remplir la fin pour laquelle Luther avoit été créé. C'étoit se rendre utile à l'Etat, d'inutile qu'il avoit été jusques-là. Le mariage de Luther avec une Religieuse devoit donner beaucoup d'édification; & néanmoins l'Auteur est forcé d'avouer, quoique indirectement, qu'il causa beaucoup de scandale.

L'Auteur. « Mais quoi qu'il en ſoit, il » eſt certain que la Religion donne aux » Proteſtans un avantage infini ſur les Ca- » tholiques.

S'il n'y a d'autre vie que celle-ci, je ne ſçaurois dire ſi la Religion donne aux Proteſtans un avantage infini ſur les Catholiques. Mais parce qu'il y a une autre vie, je dis hardiment que la Religion donne aux Catholiques un avantage infini ſur les Proteſtans.

L'Auteur. « J'oſe le dire. Dans l'état » préſent où eſt l'Europe, il n'eſt pas poſ- » ſible que la Religion Catholique y ſub- » ſiſte cinq cens ans.

L'Auteur fait bien de prendre le terme de cinq cens ans pour juſtifier ſa prophétie, ni lui ni aucun des hommes qui ſont ſur la terre n'y ſeront plus pour lui donner le démenti.

L'Auteur. « Avant l'abaiſſement de la » Puiſſance d'Eſpagne, les Catholiques é- » toient beaucoup plus forts que les Pro- » teſtans : ces derniers ſont peu à peu par- » venus à un équilibre, & aujourd'hui la » balance commence à l'emporter de leur » côté : cette ſupériorité augmentera tous » les jours. Les Proteſtans deviendront » plus riches & plus puiſſans, & les Ca- » tholiques plus foibles.

Quand ce que dit l'Auteur ſeroit véritable, qu'en réſulteroit-il ? Qu'il faudroit ſe faire Proteſtant ? Par la même raiſon bien-tôt après il faudroit ſe faire Mahometan. Eſt-ce la politique & l'intérêt temporel d'un Etat qui doit être la bouſſole du Chrétien? Que lui serviroit-il de gagner le monde entier s'il perdoit son ame? Qu'un Déiste qui croit n'avoir rien à gagner, ni rien à perdre, raisonne comme fait l'Auteur; c'est son affaire: mais qu'il veuille nous assujettir à ses loix, lui qui prêche continuellement la tolérance, est-il rien de plus intolérable? Au reste je ne demeure pas d'accord que les Puissances Protestantes soient actuellement les plus fortes. Si toutes les Puissances Catholiques se réunissoient contre elles, ce que l'on n'a point encore vû; il y a lieu de penser que la balance ne pancheroit pas du côté des Protestans. Les Etats des Protestans seroient-ils devenus ce qu'ils sont sans le secours des Catholiques?

L'Auteur. « Les Pays Protestans doi-
» vent être & sont réellement plus peuplés
» que les Catholiques. D'où il suit premie-
» rement que les tributs y sont plus consi-
» dérables, parce qu'ils augmentent à pro-
» portion de ceux qui les payent.

Les Pays Protestans étoient-ils moins peuplés lorsqu'ils étoient Catholiques? C'est sur cela qu'il faut se régler. Le dépeuplement de l'Espagne vient de l'avarice des Espagnols. L'or des Indes les y a attirés. Si la France possédoit tous ceux de ses sujets Catholiques qui sont répandus dans les autres Royaumes. Si l'Etat n'avoit pas souffert de très grandes pertes dans les guerres qu'il a eu à soutenir au commencement de ce siécle & dans la derniere qu'il vient d'essuyer. Si dans les Provinces le peuple vivoit aisément, la France feroit de tous les Royaumes de l'Europe, le plus peuplé. Ce n'est point parce que la France est Catholique qu'elle est moins peuplée qu'elle ne le devroit être. Quand on lit toutes les guerres que la France a eu à soutenir depuis le commencement de la Monarchie ; on est surpris qu'il y ait encore des hommes dans le Royaume.

A l'égard des tributs il faut demander à nos voisins s'ils sont plus grands chez eux, & s'ils produisent davantage que ceux que l'on perçoit en France, la vérité est que le Roi tire de son Royaume beaucoup au de-là de ses Prédécesseurs.

L'Auteur. (Il suit) « Secondement que » les terres y sont mieux cultivées (dans » les Pays Protestans.) Enfin que le com» merce y fleurit davantage, parce qu'il y » a plus de gens qui ont une fortune à fai» re, & qu'avec plus de besoins, on y » a plus de ressources pour les remplir. » Quand il n'y a que le nombre suffisant » pour la culture des terres, il faut que » le commerce périsse; & lorsqu'il n'y a » que celui qui est nécessaire pour entre» tenir le commerce, il faut que la cul» ture des terres manque, c'est à-dire, il » faut que tous les deux tombent en mê» me-tems, parce que l'on ne s'attache » jamais à l'un que ce ne soit aux dépens » de l'autre.

Je laisse à ceux qui connoissent l'état de l'Europe à nous dire si les Pays Protestans sont mieux cultivés que la France. Quand cela seroit, il faudroit prouver que c'est la différence de la Religion qui en eſt cauſe. Nous avons en France des Provinces très-fertiles & mieux cultivées que quelques autres. Eſt-ce à la différence de Religion qu'il faut l'attribuer? Sur cela je m'en rapporte aux Remontrances du Parlement de Douai touchant la Déclaration qui concerne l'établiſſement du vingtiéme.

A l'égard du commerce, quelques années de paix l'y feroient fleurir. Que l'on rétabliſſe la Marine comme elle l'étoit ſous le miniſtere de M. De Seignelai, la France ne le cédera point à ſes voiſins: mais elle pourra leur devenir par ſon commerce un grand ſujet d'envie & de jalouſie.

L'Auteur. « Quant aux Pays Catholi- » ques, non-ſeulement la culture des ter- » res y eſt abandonnée, mais même l'in- » duſtrie y eſt pernicieuſe. Elle ne conſiſte » qu'à apprendre cinq ou ſix mots d'une » langue morte: Dès qu'un homme a cet- » te proviſion par devers lui, il ne doit » plus s'embarraſſer de ſa fortune; il trou- » ve dans le Cloître une vie tranquille qui » dans le monde lui auroit coûté des ſueurs » & des peines.

Les gens à imagination ne ſçauroient parler naturellement. Ils exagerent tout. Ne ſemble-t-il pas que les Pays Catholiques ſoient des déſerts? La culture des terres y eſt abandonnée, dit-on, & l'induſtrie y eſt pernicieuſe. Que celui qui le croit ſur la parole de l'Auteur, faſſe un voyage en France; bien-tôt il ſera détrompé. A entendre notre Politique on croiroit que les Arts ſont inconnus dans le Royaume

& qu'il n'est habité que par des Moines qui ont appris cinq ou six mots de latin. Comme il ne faut que des yeux pour voir le contraire, tout ce que dit l'Auteur retombe contre lui. Quand on veut persuader, il faut au moins garder les vraisemblances.

L'Auteur. « Ce n'est pas tout : les Dervis ont en leurs mains presque toutes les » richesses de l'Etat. C'est une société de » gens avares qui prennent toujours & ne » rendent jamais : ils accumulent sans cesse des revenus pour acquérir des capitaux ; tant de richesses tombent, pour » ainsi dire, en paralisie ; plus de circulation, plus de commerce, plus d'arts, plus » de manufactures.

Voilà le grand crime des Moines, ou plutôt de tout le Clergé. Ils possedent, dit-on, *presque* toutes les richesses de l'Etat. Je m'étonne que l'Auteur ait mis le *presque*. Que ne disoit-il qu'ils possedent tout. L'un n'est pas plus vrai que l'autre. Cependant on ne peut disconvenir que le Clergé possede de grands biens. Est-ce un malheur pour l'Etat ? Oui si le Clergé ne fait pas l'usage qu'il doit de ses revenus. Mais il y a des regles. Après la subsistance du Clergé, les biens que possede l'Eglise appartiennent aux pauvres. Que l'on mette les Canons à exécution, personne n'aura lieu de se plaindre. Le Clergé doit de lui-même se porter à son devoir. S'il ne le fait pas ; le Roi comme protecteur des Canons est en droit de l'y contraindre.

L'Auteur. « Il n'y a point de Prince » Protestant qui ne leve sur ses peuples dix

» fois plus d'impôts que le Pape n'en leve » sur ses sujets : cependant ces derniers sont » misérables pendant que les autres vivent » dans l'opulence : le commerce ranime » tout chez les uns, & le Monachisme por- » te la mort par-tout chez les autres.

Ce que l'Auteur dit des Princes Protestans par rapport au Pape, il pouvoit le dire également des Princes Catholiques. En France le peuple paie dix fois plus d'impôts que le Pape n'en leve sur ses sujets ; & ces derniers sont misérables pendant que les sujets du Roi vivent dans l'opulence. On peut le dire, eu égard à la misere des sujets du Pape. Ce n'est donc pas la Catholicité qui fait que les Etats sont moins pauvres. C'est que le gouvernement d'un Etat est mieux entre les mains des Laïques que des Ecclésiastiques. Il y a dans l'Etat de Florence, dans le Royaume de Naples, dans les terres de la République de Venise & dans celles du Roi de Sardaigne un grand nombre de Moines. Cependant les peuples qui y payent plus d'impôts à leurs Princes sont plus riches que les sujets du Pape. Pourquoi le commerce fleurit-il en Italie par-tout ailleurs que dans les Terres du Pape ? Est-ce qu'il n'y a de Prêtres & de Moines que dans l'Etat Ecclésiastique ? Il ne faut donc pas dire que le commerce ranime tout chez les Protestans, & que le Monachisme porte la mort par-tout chez les Catholiques. L'Auteur, pour prouver sa these, n'a osé alléguer que les Etats du Pape. Mais que sont les Etats du Pape comparés avec le reste des Etats Catholiques ?

Après tout, le Monachiſme n'a pas été auſſi inutile aux Etats, que le prétend l'Auteur; je dis dans l'ordre temporel; car pour le ſpirituel, quel avantage n'en ont-ils pas tiré? Les Moines, dit M. Fleury, (p) » furent utiles à l'Allemagne, même pour » le temporel: par le travail de leurs mains, » ils commencerent à défricher les vaſtes » forêts qui couvroient tout le pays: & » par leur induſtrie & leur ſage économie, » les terres ont été cultivées, les ſerfs qui » les habitoient ſe ſont multipliés, les Mo- » naſteres ont produit de groſſes Villes, & » leurs dépendances ſont devenues des Pro- » vinces.

Mais un ſervice tout autrement important, c'eſt de nous avoir conſervé les ſciences & d'avoir ſauvé des mains des barbares qui ravagerent l'Empire Romain tant d'anciens monumens qui nous reſtent ſoit Grecs, ſoit Latins. Où en ſeroient les Lettres ſans les travaux des Moines, & ſans leur application à multiplier les manuſcrits pour les mettre à couvert des injures du tems? N'eſt-ce pas encore aux Moines que nous ſommes redevables de ce qui nous reſte d'Hiſtoire de l'état de l'Europe pendant ſept ou huit cens ans? Si ces Hiſtoires ſe ſentent de la barbarie de leurs ſiécles, elles n'en ſont pas moins précieuſes. Sans elles nous ſerions étrangers dans notre propre pays. A peine pourrions-nous dire comment & pourquoi nous l'habitons. Dans le dernier ſiécle & dans le nôtre, les Moines ont-ils dégéné-

(p) III. Diſcours ſur l'Hiſt. Eccleſ. n. 24.

ré ſur ſur cet article ? Que de travaux Littéraires n'a-t-on pas vû ſortir des Congrégations de ſaint Maur & de ſaint Vannes, ſans parler des autres qui ſe ſont diſtinguées par cet endroit ? Que prétend donc notre Déiſte avec ſes Lettres Perſannes ! Eſt-ce à lui à attaquer l'Etat Monaſtique ? Quand on ajoutera aux travaux de l'Auteur, le Livre de *l'Eſprit des Loix*, & les quatre Lettres contre l'immunité du Clergé, quel bien en réſultera-t-il pour l'Etat ? Le bien qu'ont fait les Moines eſt aiſé à juſtifier depuis le quatriéme ſiécle juſqu'à préſent. Mais quel bien les Royaumes ont-ils tiré des impies & des hommes ſans Religion ? Eux & leurs Livres, peut-on les regarder que comme des peſtes publiques ! Ces hommes n'ouvrent la bouche que pour apprendre au genre humain à blaſphémer avec eux. Que les Princes ſeront heureux quand leurs Etats ſeront compoſés de blaſphémateurs ! Ils inſultent Dieu, ils ſe jouent de ſes Miniſtres. Après avoir mépriſé la premiere Majeſté, ſera-t-il difficile de ſe ſouſtraire à la ſeconde ?

* * * * *

LETTRE LXIV.

L'AUTEUR. « LEs loix ſont furieuſes en Europe contre ceux qui ſe tuent » eux-mêmes, on les fait mourir, pour » ainſi dire, une ſeconde fois ; ils ſont » traînés indignement par les rues, on » les notte d'infamie, on confiſque leurs » biens. Il me paroît que ces loix ſont » bien injuſtes. Quand je ſuis accablé de » douleur, de miſere, de mépris, pour» quoi veut-on m'empêcher de mettre fin » à mes peines, & me priver cruellement » d'un remede qui eſt en mes mains ?

Un Chrétien n'aura pas de peine à répondre aux plaintes de l'Auteur. Se donner la mort à ſoi-même, ce n'eſt pas finir ſes peines, c'eſt s'en attirer d'éternelles. Notre vie n'eſt point à nous. Elle eſt à Dieu, & Dieu nous défend de nous donner la mort. Vous ne tuerez point. Voilà la loi. Elle ne ſouffre point de diſpenſe à l'égard du ſuicide.

Indépendamment de la loi naturelle & de la loi divine qui ne veulent pas que l'homme ſoit à lui-même ſon propre bourreau, comment l'Auteur n'a-t-il pas vû qu'en autoriſant l'homicide de ſoi-même il dément ſes propres principes ? Il n'y a qu'un moment qu'il vouloit que pour peupler les Etats on obligeât les Moines à ſe marier. Maintenant il permet de ſe donner la mort quand on aura du chagrin, ou que l'on ſera accablé de miſere. Suivez cette morale, de combien de ſujets les Etats vont-ils être privés ? Selon l'Auteur l'homme eſt fait pour la ſociété. Il ne doit vivre que pour elle. Votre vie ne vous appartient pas, mais à la ſociété. Pourquoi donc privez-vous l Etat ſans ſon conſentement, d'un membre qui lui appartient ? *Ex ore tuo te judico, ſerve nequam.*

L'Auteur. « Pourquoi veut-on que je » travaille pour une ſociété dont je con- » ſens de n'être plus ? Que je tienne mal- » gré moi une convention qui s'eſt faite » ſans moi ? La Société eſt fondée ſur un » avantage mutuel : mais lorſqu'elle me » devient onéreuſe, qui m'empêche d'y » renoncer ? La vie m'a été donnée com- » me une faveur ; je puis donc la rendre, » lorſqu'elle ne l'eſt plus : la cauſe ceſſe ; » l'effet doit donc ceſſer auſſi. Le Prince » veut-il que je ſois ſon ſujet, quand je » ne retire point les avantages de la ſujet- » tion ? Mes citoyens peuvent-ils deman- » der ce partage inique de leur utilité & » de mon déſeſpoir ? Dieu different de tous » les bienfaiteurs, veut-il me condamner » à recevoir des graces qui m'accablent ! » Je ſuis obligé de ſuivre les loix quand je » vis ſous les loix ; mais quand je n'y vis » plus, peuvent-elles me lier encore ?

Metttez tous ces beaux raiſonnemens dans la bouche des Miliciens que le Roi force de ſervir dans ſes armées. Que ces hommes déclarent qu'ils aiment mieux ſe donner la mort que d'eſſuyer les fatigues

& les dangers de la guerre, que répondra l'Auteur à ces timides & lâches soldats ? Ils demanderont pourquoi l'on veut qu'ils travaillent pour une société dont ils consentent de n'être plus ; & pourquoi ils tiendront malgré eux une convention qui s'est faite sans eux. L'Auteur ne sçauroit leur répondre : Pour nous il nous est aisé de leur fermer la bouche en leur déclarant que comme on ne leur a pas demandé leur consentement pour être de la société, on ne le leur demande pas pour continuer d'en être. C'est à celui qui leur a donné la vie, de leur donner la mort. La vie, dit-on, leur a été donnée comme une faveur. Donc ils peuvent la rendre lorsqu'elle ne l'est plus. Un Chrétien n'est pas embarrassé de répondre à cette objection. Quand Dieu nous a mis au monde s'est-il engagé à nous y rendre heureux ? Depuis le péché la terre est pour nous un lieu d'exil. Nous sommes condamnés à y manger notre pain à la sueur de notre front & de notre visage. Il est vrai que nos larmes seront changées en joie dans une autre vie, si la douleur d'avoir offensé Dieu les fait couler ici-bas : mais tant que nous serons sur la terre, il faut accepter avec soumission toutes les peines qui sont attachées à notre état. S'arroger à soi-même de les faire finir, c'est usurper ce qui appartient à Dieu ; & comme je l'ai déja dit, ce n'est pas finir ses peines, c'est les rendre éternelles.

Faisons maintenant abstraction du Christianisme. Quand on ne considéreroit l'homme me que comme membre de la ſociété, il ne lui eſt pas permis de ſe donner la mort. » Je ſuis, dit l'Auteur, obligé de ſuivre les » loix quand je vis ſous les loix : mais » quand je n'y vis plus, peuvent-elles me » lier encore? » Si vous êtes obligé de ſuivre les loix tant que vous vivez ſous les loix, vous êtes donc obligé de ne pas être homicide de vous-même; car les loix vous le défendent tout le tems de votre vie. Je conviens que quand vous ne vivrez plus, vous ne ſerez plus lié par les loix. Mais il faut attendre que vous ne viviez plus. L'Auteur ne s'eſt pas apperçu que ſon ſophiſme lui coupe la gorge. Il s'eſt pris dans le filet où il vouloit prendres les autres.

L'Auteur. « Mais, dira-t-on, vous » troublez l'ordre de la Providence. Dieu » a uni votre ame avec votre corps; & » vous l'en ſéparez; vous vous oppoſez » donc à ſes deſſeins, & vous lui réſiſtez. » Que veut dire cela? Troublai-je l'ordre » de la Providence lorſque je change les » modifications de la matiere, & que je » rends quarrée une boule que les pre- » mieres loix du mouvement, c'eſt-à-dire » les loix de la création & de la conſer- » vation avoient fait ronde? Non ſans dou- » te, je ne fais qu'uſer du droit qui m'a » été donné; & en ce ſens je puis trou- » bler à ma fantaiſie toute la nature, ſans » que l'on puiſſe dire que je m'oppoſe à » la Providence. Lorſque mon ame ſera » ſéparée de mon corps, y aura-t-il moins » d'ordre & moins d'arrangement dans

» l'Univers ? Croyez-vous que cette nou-
» velle combinaiſon ſoit moins parfaite,
» moins dépendante des loix générales ?
» Que le monde y ait perdu quelque cho-
» ſe, & que les ouvrages de Dieu ſoient
» moins grands, ou plutôt moins immen-
» ſes ? Croyez-vous que mon corps deve-
» nu un épi de bled, un ver, un gazon,
» ſoit changé en un ouvrage de la nature
» moins digne d'elle ? Et que mon ame
» dégagée de tout ce qu'elle avoit de ter-
» reſtre ſoit devenue moins ſenſible ? Tou-
» tes ces idées n'ont d'autre ſource que no-
» tre orgueil ; nous ne ſentons point no-
» tre petiteſſe ; & malgré qu'on en ait
» nous voulons être comptés dans l'Uni-
» vers, y figurer, & y être un objet im-
» portant. Nous nous imaginons que l'a-
„ néantiſſement d'un être auſſi parfait que
„ nous, dégraderoit toute la nature, &
„ nous ne concevons pas qu'un homme
„ de plus ou de moins dans le monde ; que
„ dis-je tous les hommes enſemble ; cent
„ millions de têtes comme la nôtre, ne
„ ſont qu'un atôme ſubtil & délié, que
„ Dieu n'apperçoit qu'à cauſe de l'immen-
„ ſité de ſes connoiſſances.

Comment l'Auteur s'y prendroit-il pour répondre à un homme qui ſe ſervant de tous les raiſonnemens que l'on vient d'entendre, prétendroit qu'il peut légitimement tuer ſon pere, ſa mere, ſes freres, ſon Roi, & tous les hommes qu'il voudra ? Ce que l'Auteur diroit pour montrer qu'il n'eſt pas permis d'ôter la vie à un homme ſans être revêtu de l'autorité publique qui n'eſt autre que l'autorité de Dieu, il faut que l'Auteur ſe le diſe pour montrer qu'il n'eſt pas permis d'être homicide de ſoi-même. Je conviens que la mort d'un homme n'empêchera pas que le monde ne ſubſiſte; & que la mort d'un million d'hommes ne l'empêchera pas non plus. Mais il faut auſſi que l'Auteur convienne, que comme il n'eſt pas permis de tuer d'autorité privée aucun homme, il n'eſt pas permis de ſe tuer ſoi-même ; car je n'ai pas plus de droit ſur ma vie que ſur celle des autres. L'Auteur eſt convenu que tant que je ſerai en vie, je ſerai ſoumis aux loix : les loix me défendent de me tuer. Donc, tant que je ſerai en vie je ne pourrai me tuer ſans contrevenir aux Loix.

A l'égard de ce que dit l'Auteur que Dieu n'apperçoit les hommes qu'à cauſe de l'immenſité de ſes connoiſſances ; par où il veut faire entendre que l'homme eſt un objet ſi mince qu'à peine mérite-t-il que Dieu faſſe attention à ce qui le regarde ; en cela l'Auteur montre qu'il ne ſçait ce que c'eſt que Dieu : s'il le ſçavoit, il verroit qu'il n'y a pas un grain de ſable qui puiſſe ſe dérober non-ſeulement à la connoiſſance, mais à la puiſſance de Dieu. C'eſt en lui que nous vivons, que nous avons le mouvement & la vie. Les Payens mêmes l'ont reconnu. *In ipſo vivimus, movemur & ſumus.*

Toutes les créatures n'ont d'être que celui que Dieu leur a donné. Dieu ſeul ſubſiſte par lui-même & ſans dépendance. C'eſt la volonté de Dieu qui a tiré les êtres du néant. C'eſt elle qui les conſerve, & la conſervation des créatures n'eſt que la continuation de leur création. L'Auteur paroît ſuppoſer que les créatures ſubſiſtent comme un édifice qui n'a plus beſoin de la main de l'ouvrier après qu'il a reçu ſa perfection. Eſt-ce là avoir l'idée de Dieu ? Preſque par-tout l'Auteur fait agir Dieu en homme, & lui donne les idées & les ſentimens d'un homme. Telle eſt la Théologie de l'Auteur des Lettres Perſannes. Au moins devroit-il avoir un peu de Philoſophie : mais pour être Théologien il faut de la Religion : & pour être Philoſophe il faut bien uſer de ſa raiſon. Tout ce que j'ai relevé de l'Auteur, prouve qu'il n'a point de religion ; & preſque par-tout on voit qu'il abuſe de ſa raiſon. Dieu le permet pour confondre ceux qui veulent être ſages ſans lui & contre lui. *Dicentes ſe eſſe ſapientes, ſtulti facti ſunt.... Et ſicut non probaverunt habere Deum in notitiâ : tradidit illos Deus in reprobum ſenſum* (q).

(q) Rom. 1. 22. 28.

EXTRAIT DE LA LETTRE XLIX.

L'AUTEUR. « UN Empereur nommé Théodose fit passer au fil de l'épée » les habitans d'une ville, même les femmes & les petits enfans. S'étant ensuite » présenté pour entrer dans une Eglise, » un Evêque nommé Ambroise lui fit fermer les portes comme à un meurtrier » & un sacrilege, & en cela il fit une » action héroïque. Cet Empereur ayant » ensuite fait la pénitence qu'un tel crime » exigeoit, ayant été admis dans l'Eglise, » s'alla placer parmi les Prêtres : le même » l'en fit sortir, & en cela il commit l'a» ction d'un fanatique & d'un fou ; tant » il est vrai que l'on doit se défier de son » zéle. Qu'importoit à la Religion ou à » l'Etat, que ce Prince eût ou n'eût pas » une place parmi les Prêtres ?

Il faut avoir l'impudence d'un Déiste pour traiter ainsi un des plus grands Evêques de l'Eglise de Dieu. Spinoza est le modele que l'Auteur a voulu imiter. « S. » Ambroise, dit Spinoza (r), *eut le front* » d'interdire autrefois l'Eglise à l'Empe» reur Théodose.... Je demande à l'Auteur s'il est plus en état de juger de l'action de Théodose, que Théodose lui-même qui étoit la Partie intéressée. Ce n'étoit assurément ni foiblesse d'esprit, ni manque de connoître & de sentir ce qui étoit

(r) Tract. Theol. pol. cap. 19.

dû à son rang, qui porta Théodose à juger comme il fit de l'action de saint Ambroise. Cependant cette action fit une telle impression sur l'esprit du Prince, que lorsque l'Evêque de Constantinople voulut lui faire prendre dans la suite la place qu'il avoit eu ci-devant dans l'Eglise, il le refusa & dit qu'il ne connoissoit d'Evêque qu'Ambroise. Mais pour penser comme Théodose, il faut une grande ame & beaucoup de religion. L'Auteur ne montre ni l'un ni l'autre. S'il avoit un peu de jugement, il verroit qu'en traitant un saint Ambroise de fanatique & de fou, ce n'est pas nuire à la réputation de saint Ambroise qui est faite & parfaite depuis plus de 1300 ans. Mais c'est se décrier gratuitement, & s'afficher dans tous les siécles pour un impie & un forcené. Quand l'Auteur n'aura pour Panégyristes que des hommes de la trempe de Spinoza, quelle gloire lui en reviendra-t-il? Tout Spinoziste qu'il est, il a encore assez de pudeur pour ne vouloir pas passer pour tel.

L'Auteur demande s'il importoit à la Religion ou à l'Etat que Théodose eût une place parmi les Prêtres. Il importoit à la Religion de donner une haute idée du Sacerdoce, & d'apprendre aux Empereurs mêmes à ne pas confondre la Puissance spirituelle avec la Puissance temporelle. Il importoit à la Religion & à l'Etat que le Prince donnât l'exemple du respect que l'on doit avoir pour les Prêtres sur-tout dans les fonctions de leur ministere. Théodose ne crut point sa dignité offensée en déférant aux volontés de ſaint Ambroiſe. Il ſçavoit qu'en obéiſſant au Miniſtre du Très-Haut , c'étoit à Dieu même qu'il obéiſſoit. Jeſus-Chriſt dit aux ſoixante & douze Diſciples : *Qui vous mépriſe , me mépriſe.* Voilà ce que Théodoſe ne vouloit pas. Perdoit-il en s'abbaiſſant ? Tant s'en faut. S'il n'eût été qu'Empereur, ſes ſujets ne lui auroient été attachés qu'à ce titre: mais Théodoſe religieux & religieux envers Dieu & envers ſes Miniſtres ! Que ces titres ajoutés au premier étoient capables de ſerrer les nœuds qui lui attachoient les cœurs de ſes ſujets ! Quoi qu'en diſent les Déiſtes, la Religion eſt le principal fondement des Etats. Un Roi qui craint Dieu & qui le reſpecte en la perſonne de ſes Miniſtres apprend aux peuples à le reſpecter lui-même, comme étant le Miniſtre de Dieu dans les choſes temporelles.

FIN

www.ingramcontent.com/pod-product-compliance
Ingram Content Group UK Ltd.
Pitfield, Milton Keynes, MK11 3LW, UK
UKHW021550260726
13993UKWH00002B/741